PROPÓSITO ALTERNATIVO

CHRISTOPHER COATES

Tradução por

SABRINE GRUNEWALD

Publicado em 2021 por Next Chapter

Capa de CoverMint

Editado por Heloisa Miranda Silva

Imagem da capa posterior por David M. Schrader, usada sob licença da Shutterstock.com

Livro de Bolso

Este livro é uma obra de ficção. Nomes, personagens, lugares e incidentes são o produto da imaginação do autor ou são usados ficticiamente. Qualquer semelhança com eventos reais, locais, ou pessoas, vivas ou mortas, é pura coincidência.

PRÓLOGO

ANO 2000

A CHUVA FRACA CAÍA E A LUA NÃO ESTAVA VISÍVEL por causa da forte nebulosidade. O clima era uma das muitas razões pelas quais eles escolheram esta noite para esta missão. Uma longa fila de luzes iluminava a calçada, e a estrada geralmente movimentada tinha pouco tráfego a essa hora da noite. O letreiro luminoso do prédio dizia *North East Regional Hospital*. Cerca de cem metros ao sul da placa havia um caminho estreito e pavimentado. Lá, um sinal apagado menor dizia *Somente Tráfego Autorizado*. Essa via levava a uma alcova escura entre o hospital original e a uma adição que foi construída no final dos anos 70. Essa área era restrita e não iluminada, porque ninguém queria ver onde o hospital mantinha as lixeiras. Havia várias cercas vivas e algumas árvores ornamentais para ajudar a obscurecer parcialmente o caminho.

Sem aviso, no fundo da alcova, uma luz azul neon começou a se formar entre duas lixeiras. Começou a cerca de um metro e meio do chão e rapidamente cresceu para cerca de um metro e meio de altura por dois metros e meio de largura. Assim que alcançou o tamanho máximo, uma mulher de estatura mediana, de corpo esbelto, saiu do portal e entrou na alcova. A luz desapareceu. Durante os seis segundos em que o portal existiu, houve uma conexão entre nosso período e outro, que não existiria por quase cem anos.

A mulher tropeçou, agarrou a lixeira e a usou para se equilibrar. Ela respirou fundo várias vezes para ajudá-la a se concentrar e, em seguida, retirou um pequeno dispositivo do bolso do uniforme azul claro que usava e o pressionou contra o pescoço. Fez uma careta quando houve um breve momento de dor onde tocou no pescoço. Então ela relaxou quando uma sensação quente passou por seu corpo. Ela devolveu o injetor automático avançado ao bolso e esperou alguns segundos, enquanto os quatro medicamentos entravam em vigor. Ao sentir que o analgésico e poderoso estimulante estavam funcionando, começou a caminhar em direção à calçada. A droga contra náuseas parecia estar ajudando, mas não tão bem assim. O quarto medicamento ela não conseguiu identificar, mas lhe disseram que isso desaceleraria o colapso celular letal que estava destruindo seu corpo.

Ela sabia que tinha que se mexer. O injetor automático continha apenas mais duas doses e ela precisava cumprir sua missão antes que a final acabasse. Ela saiu da alcova e foi para a calçada. Virando à direita, caminhou em direção à entrada principal do hospital, com crescente preocupação à medida que avançava. Sua náusea parecia piorar a cada passo e ela já podia sentir sua força desaparecendo. Felizmente, ela conhecia o layout do hospital, tendo o estudado bem antes de sua missão. A entrada principal estava logo à frente e apenas poucas pessoas estavam indo na mesma direção que ela.

A mulher passou pela porta de correr de vidro e

um guarda de segurança estava sentado em uma mesa do lado de dentro. Ela girou a etiqueta de identificação pendurada em seu uniforme para que o guarda pudesse ver o logotipo do North East Region e continuou andando. O crachá tinha o nome Abby Russell. Isso fora uma piada daqueles que haviam fabricado o crachá. Abby Russell era o nome da última pessoa a servir como Presidente dos Estados Unidos.

"Obrigado. Tenha um bom plantão", disse o guarda.

A mulher que estava morrendo continuou andando, pensando como aquilo tinha sido fácil. Ela sabia que os níveis mínimos de segurança eram a principal razão para usar esse período para a missão. Ela caminhou até o corredor de elevadores, conferindo seus conhecimentos contra a placa, que dizia que a Maternidade estava no quarto andar. Depois que a porta do elevador se fechou, ela se encostou na parede quando ele começou a se mover. Fechou os olhos, descansando e agradecendo por estar sozinha. A dor continuou a aumentar. A cabeça doía mais, mas o estômago e as extremidades também doíam e a dor piorava rapidamente.

As portas do elevador se abriram e, com um esforço considerável, ela se forçou a sair e andar pelo corredor. Ela sabia que não estava caminhando em linha reta e até se sentia tropeçando, mas precisava continuar. Esperava que ninguém a visse e pensasse que estava embriagada. De acordo com o plano, ainda era muito cedo para outra injeção. Se ela as usasse no momento errado, não conseguiria voltar para o portal e para casa.

Casualmente, passou pelo posto de enfermagem, notando um homem sentado trabalhando em um computador. Ela sorriu, aliviada ao ver que a pesquisa havia sido correta e que seus uniformes combinavam com os dele. Pelo menos sua roupa não chamaria atenção.

Em seguida, no corredor, estava o berçário. Dentro havia doze berços, dos quais apenas seis tinham bebês. Uma enfermeira estava lá, trocando a fralda de uma das crianças. Nenhum dos funcionários prestou atenção à estranha, que propositalmente atravessou o corredor. No final, ela virou à esquerda e encontrou o que procurava – uma porta marcada Utilitário. Ela lutou, mas conseguiu abrir a porta, sua destreza falhava, depois entrou e deixou-a fechar atrás dela. Depois de remover o injetor automático do bolso, ela novamente o pressionou na lateral do pescoço. A sensação de calor voltou, assim como sua força e atenção. A dor diminuiu um pouco, mas ainda era significativa.

A sala continha caixas para roupa de cama suja e latas de lixo parcialmente cheias, além de material de limpeza. Ela foi até a pia, colocou a tampa no ralo e pegou dois pacotes selados do bolso, rasgando-os e jogando o conteúdo em pó na pia. Levantou a blusa do avental e tirou do cinto duas pequenas garrafas que havia anexado de cada lado. Cada uma tinha cerca de 230 mililitros. Desapertou as tampas, respirou fundo e derramou o líquido verde sobre o pó. O efeito foi imediato. Uma fumaça química branca, e inofensiva, começou a encher o armário. Ela se virou e saiu da sala, certificando-se de deixar a porta entreaberta para permitir que a fumaça química pungente preenchesse o corredor. Ela voltou para a ala com os recém-nascidos. Pouco antes de chegar lá, entrou em um quarto de paciente desocupado. Se escondeu nas sombras e esperou. Após dois minutos completos, sua ansiedade começou a crescer. A espera estava demorando demais. A dor estava de volta, quase tão ruim quanto antes de sua última dosagem, e seu pensamento estava ficando confuso.

Finalmente, ela pôde sentir o cheiro da fumaça enquanto enchia o corredor. Ela ouviu vozes preocupadas se aproximando e observou a mulher e, em seguida, o homem, passarem correndo pelo seu esconderijo, em direção à fonte da fumaça. Assim que pareceu seguro, ela saiu da sala, olhando para a esquerda e para a direita, e depois atravessou para o berçário, onde retirou do cinto um dispositivo do tamanho de um baralho de cartas e o segurou no leitor de cartões. A porta se abriu. Derrotar a segurança eletrônica primitiva tinha sido uma das partes mais simples da missão.

Ela entrou e leu os nomes nos berços, procurando por Devin Baker. O primeiro nome que viu pertencia a uma linda bebê chamada Tasha Doller. Ela reconheceu esse nome. Tasha havia sido objeto de uma missão anterior. Infelizmente, Tasha morreu em um afogamento acidental no início da adolescência, antes que pudesse ser útil. Devin estava ao lado de Tasha e estava dormindo pacificamente. A invasora rapidamente o desembrulhou, removeu um novo injetor automático, de dose única, do outro bolso e o pressionou na perna dele. Tão rapidamente quanto suas mãos trêmulas permitiram, ela embrulhou o bebê, que agora chorava, e saiu da sala. Caminhou até o elevador, enfiando o injetor automático gasto no bolso. O elevador chegou, ela entrou e se injetou pela terceira e última vez. Com esta injeção, a melhora foi mínima.

Quando saiu do elevador, ela removeu duas tiras

de papel do bolso. Uma dizia *sucesso* e a outra *falha*. Ela amassou o que indicava falha e jogou-o na lata de lixo pela qual passou, e devolveu a outra ao bolso. Os planejadores sabiam que ela não estaria em condições de escrever uma nota neste momento da missão suicida.

Ela se aproximou da saída estando quase sem forças e quase vomitando. Pelo canto do olho, ela podia ver o guarda a observando enquanto caminhava. Sem dúvida, ele poderia dizer que ela não estava se sentindo bem.

"Já indo para casa?"

Ela deu um sorriso fraco. "Não sei ao certo o que peguei, mas me acertou depressa."

"Bem, espero que você melhore logo."

Em vez de responder, ela deu um leve aceno. Saiu, sentindo o ar fresco da noite. Chegou à calçada antes de vomitar. Ela podia ver e provar o sangue. Seu estômago estava um pouco melhor e ela tentou aumentar o ritmo, mas sua coordenação estava falhando e ela tropeçou e caiu de bruços na calçada. Com extremo esforço, usou um poste de luz para equilibrar-se, conseguiu voltar a ficar de pé, continuando em direção ao caminho que levava às lixeiras.

Sentindo algo como uma lágrima na bochecha, ela enxugou e notou que era sangue. Sangrar pelos olhos e nariz eram possibilidades que ela conhecia. Ela entrou na alcova, mantendo uma mão na parede do prédio antigo, para ajudar a manter o equilíbrio, e se esforçou pelo caminho. Depois de chegar à lixeira, ela se apoiou nas costas e tirou do bolso o último item que estava carregando. Tinha o formato semelhante a um ovo, mas menor. Deixá-lo cair seria um grande problema, porque ela não achava que poderia pegá-lo e voltar à posição de pé.

O dispositivo parecia sólido, mas na verdade tinha duas peças. Ela girou a parte superior do dispositivo em forma de ovo, noventa graus no sentido horário, e ele acendeu. Ficou amarelo por cerca de cinco segundos e depois ficou verde. Assim que viu o verde, apertou-o com toda a força restante que possuía e sentiu um clique dentro dele. A luz azul neon reapareceu e cresceu do tamanho de uma porta.

Como seu ato final, ela tropeçou no portal.

A luz azul desapareceu.

PARTE UM

UM

ANO 2015

Era uma tarde quente de verão. Devin Baker, de quinze anos, e seu melhor amigo, Sawyer Gomez, estavam andando de bicicleta para o norte na Rua State. Eles tinham acabado de sair da Igreja Comunitária de Hill Side, onde participavam de um evento do grupo de jovens com mais de trinta outras crianças e seus líderes. Na maioria das semanas, Devin apreciava o passeio de bicicleta de cinco quilômetros. No entanto, ele esperava ansiosamente pelo próximo ano. Seria quando ele teria sua carteira de motorista e seria capaz de fazer essa viagem dirigindo o Ford Mustang azul de 1979, que ele e seu pai estavam restaurando no último ano.

Depois que os meninos deixaram a igreja, pararam na loja de conveniência local a caminho de casa. Toda semana eles passavam lá para comprar um lanche para o passeio de volta.

Estacionaram suas bicicletas perto da porta e fora do caminho das bombas de combustível. Como sempre, Devin pegou uma garrafa de chá gelado e um saquinho de Doritos, e Sawyer pegou uma casquinha de sorvete.

O caixa, um homem careca e gordo, sorriu quando os viu. "Eu imaginei que veria vocês dois hoje à noite. Toda quarta-feira, o mesmo pedido".

"Não há razão para mudar", disse Sawyer.

Os meninos sorriram e voltaram para suas bicicletas.

Com guloseimas na mão, eles continuaram seu caminho. Sawyer pedalava com uma mão enquanto tomava sorvete. Passaram pelo semáforo e desceram uma longa colina sinuosa. Em seguida, passariam pelo lago, onde todos patinavam a cada inverno. A velocidade deles aumentou à medida que desciam a colina. No último minuto, Sawyer viu um pequeno galho na estrada à sua frente. Não havia tempo para evitá-lo, e ele provavelmente não teria tentado, mesmo que o tivesse visto antes. Não era nada grande. Quando ele bateu, seu equilíbrio ficou um pouco comprometido. Não é um problema para um adolescente que estava confortável em sua bicicleta, mas ele estava prestando atenção no sorvete e não esperava por isso. Assustado, ele agarrou o guidão com a outra mão. O sorvete quebrou e atingiu sua coxa antes de cair no chão. Com um esforço mínimo, Sawyer recuperou o controle e nem diminuiu a velocidade. Ele estava bravo por ter perdido o sorvete, que havia comido menos da metade. Agora, sua mão estava pegajosa pelo doce enquanto ele o segurava, e havia uma grande mancha grudenta em suas calças. Pior de tudo, Devin tinha visto e achado a coisa toda engraçada.

"Bom trabalho! É a primeira vez que você anda de bicicleta?

"Cala a boca! Havia uma coisa na estrada".

"Aquele pequeno galho? Acho que na verdade você não sabe andar de bicicleta". Devin riu.

Sawyer não respondeu imediatamente, mas fez beicinho por causa do constrangimento e da perda de seu cone.

Depois de um minuto, ele disse: "Posso comer alguns dos Doritos? Perdi meu sorvete e estou com fome."

"Claro." Devin acelerou para chegar ao lado de seu amigo quando eles se aproximaram da curva que contornava a lagoa.

Ele parou ao lado de Sawyer e estendeu o pacote, a mesma transferência que os meninos haviam feito muitas vezes antes. Sawyer pegou o pacote e se aproximou um pouco demais do amigo. Devin respondeu virando para a esquerda, logo acima da pista central, enquanto estavam entrando na curva. Na mesma hora, um carro contornou a curva, na direção oposta, e também passou pela pista central. A bicicleta de Devin bateu no canto da frente do carro, jogando-o contra o para-brisa, antes de cair na estrada. Ele permaneceu consciente apenas o tempo suficiente para sentir seu fêmur esquerdo quebrar e sua cabeça bater no chão.

A última coisa que ouviu foi a mulher gritando pela janela aberta e Sawyer chamando seu nome.

DOIS

A PRIMEIRA COISA QUE DEVIN PERCEBEU FOI QUE sentia frio, e a seguinte, foram as luzes brilhantes. Lentamente, o adolescente recuperou a consciência. Sua boca estava seca e ele estava desorientado. Viu sua mãe parada ao lado de sua cama e Sawyer sentado em uma cadeira, ambos com expressões preocupadas.

Ele fechou os olhos, tentando lembrar o que aconteceu, e tudo voltou a ele em um instante. Não apenas isso, mas seus sentidos e atenção voltaram ao normal.

"Ei, mãe." Ele tentou se sentar na cama.

"Deitado. Você foi atropelado por um carro e está em um hospital", explicou a mãe dele.

"Eu sei, eu lembro disso. Mas me sinto bem".

"Dev, você não pode estar bem", disse Sawyer. "Sua cabeça ricocheteou na calçada. Havia sangue por toda parte. E sua perna quebrou. Eu vi. A equipe do resgate colocou essa tala na sua perna enquanto você ainda estava deitado na estrada". Ele se levantou e se aproximou do amigo.

"Eu sei. Eu também pensava assim, mas minha perna está bem". Ele olhou para a perna. "Mãe, você ligou para o papai? Não quero que ele volte para casa mais cedo por causa disso."

"Ainda não. Ele deveria voltar para casa da conferência amanhã. Quando recebermos o relatório do médico, eu falo com ele".

O pai de Devin trabalhava como engenheiro químico e estava participando de uma conferência em Vancouver, no Canadá. Havia viajado para o evento uma semana antes. Ele estava conversando com os participantes sobre solventes industriais, algo que frequentemente era solicitado a fazer, já que era bem respeitado em seu campo. Isso deixava Devin muito orgulhoso de seu pai.

A médica da emergência e uma enfermeira entraram na sala e deslizaram a cortina de privacidade para fora do caminho.

"Devin, sou a Doutora Katman. Fico feliz em ver que você está acordado. Devo dizer que não esperava vê-lo consciente tão cedo".

A médica era uma mulher de meia-idade, altura média, cabelos compridos puxados para trás em um rabo de cavalo. Ela usava uma bata azul e um longo jaleco branco, com o nome bordado na frente. Parecia amigável, mas usava uma expressão preocupada.

"Onde está doendo mais agora?"

"Eu não sinto dor em lugar nenhum. Mas lembro de sentir minha perna esquerda quebrando quando o carro me acertou".

"Bem, agora que você está acordado, vou examiná-lo novamente para descobrir onde está machucado."

Quando a médica começou a examinar Devin pela segunda vez, a enfermeira disse: "Todos os seus sinais vitais ainda estão normais".

Assentindo, a médica segurou a perna e removeu

cuidadosamente a tala. Ela então empurrou e torceu a perna, gentilmente a princípio, depois gradualmente aumentou a força.

"Nada disso dói?"

"Não."

"Certamente não parece estar quebrada."

Sawyer se aproximou. "Vi o acidente e a perna. Quebrou. Eu disse isso aos paramédicos".

"A equipe de resgate mencionou isso", disse Katman, "mas também não encontraram nada".

"Não há como uma perna dobrar em um ângulo como estava e não estar quebrada".

A médica olhou para ele com ceticismo e continuou o exame. A única reação que ela recebeu de Devin foi uma ligeira mudança facial quando pressionou o abdômen da adolescente.

"Isso doeu?"

"Não, não dor. Parece meio cheio. Como uma pressão".

"Deb, vamos precisar de um ultrassom portátil aqui. Quero dar uma olhada rápida na barriga dele".

A enfermeira se virou e saiu da sala para pegar o equipamento.

Falando com Devin e sua mãe, a médica disse: "Até agora, todo o resto parece bom. Vamos fazer uma tomografia da cabeça, já que ele desmaiou. Existem alguns mistérios aqui. Enquanto você esteve inconsciente, examinei sua cabeça. Sua camisa está coberta de sangue e há um emaranhado no cabelo, mas não podemos ver de onde vem. Nenhum de nós consegue encontrar uma ferida, e não há nada sangrando ativamente agora. Eu diria que você e seu amigo estavam enganados sobre a perna, mas vou fazer um raio-X apenas para ter certeza".

Enquanto ela falava, a enfermeira empurrou a máquina de ultrassom para dentro da sala. Ela levantou a camisola de Devin e aplicou um gel verde no abdômen, antes de pressionar a sonda na pele. Após cerca de dez segundos movendo a sonda, ela parou.

A Dra. Katman também estava olhando para a tela enquanto ela trabalhava.

Quando a sonda parou de se mover, a médica falou. "Pronto", disse o Dr. Katman. "Ok, tem bastante sangue no seu abdômen. Estou surpresa que não seja mais doloroso e que seus sinais vitais sejam tão bons. Vamos levá-lo para uma tomografia computadorizada da cabeça e abdômen, e um raio-X da perna direita. Enquanto isso, eu chamarei o cirurgião de trauma para que ele possa vir e revisar sua situação."

Quando a médica saiu da sala, Lucy se aproximou e segurou a mão do filho. "Tem certeza de que não sente dor?"

"Nenhuma mãe. Realmente, me sinto bem. O que aconteceu com a garota que me atingiu? Ela está bem?"

"A última vez que a vi, ela estava conversando com a polícia", disse Sawyer. "Ela estava meio histérica."

"Lembro de ouvi-la gritar antes de desmaiar. Se a polícia retornar durante minha tomografia computadorizada, peça que ela saiba que estou bem."

Uma jovem mulher de uniforme marrom entrou na sala e preparou Devin para ir aos exames. Os paramédicos tinham iniciado um soro no caminho para o hospital. Ela agora moveu a bolsa intravenosa do gancho montado no teto, para um poste dobrável embutido na cama, e soltou o manguito de pressão arterial e o monitor cardíaco. Ela destravou as rodas e empurrou a cama do quarto. A assistente levou Devin para um elevador, onde eles desceram um nível. A partir daí, foi uma breve viagem por um corredor iluminado até a área de imagem e por uma porta pesada com a indicação TC 2. A TC, ou tomografia computadorizada, é uma série de raios-x de vários ângulos que permite que o interior do corpo seja visto. Eles parearam a superfície da mesa da tomografia com a cama do hospital e perguntaram se ele poderia se mudar sozinho. Quando estavam prontos, ele propositadamente usou a perna esquerda e empurrou com ela para levantar seu peso e deslizar sobre a superfície dura. Como esperado, não sentiu dor na perna que sabia ter fraturado.

Todos saíram da sala para que o teste pudesse começar. Devin estava sozinho e fechou os olhos, pensando em algo que ocupara grande parte de seu pensamento no último mês. Ele se lembrou, novamente, sobre cerca de quatro semanas atrás. Estava em casa e precisava cortar um limão para uma refeição que estava ajudando sua mãe a preparar. Ele cortou ao meio e depois cortou uma segunda vez, mas não estava prestando atenção. A lâmina cortou o limão e entrou na palma da mão. Ele uivou e largou a faca, sentindo o cítrico queimar sua ferida. Correu para a pia e ligou a água fria, e enfiou a mão debaixo do fluxo de água. Até hoje, ele não tinha certeza, mas parecia que a dor havia passado um pouco antes de a palma da mão encontrar a água.

Depois de alguns segundos, ele havia puxado a mão para ver o quão ruim estava o ferimento, mas não conseguiu encontrar nada errado. Nenhum traço da lesão. No entanto, ao olhar para o balcão, ele podia ver o sangue derramado. Devin rapidamente limpou a bagunça. Ele não sabia ao certo o motivo, mas não queria contar a ninguém, nem mesmo a mãe.

Sua atenção voltou ao presente, quando o ajudaram a voltar para a cama, e o levaram a fazer um raio-X da perna. Ele estava confuso sobre o que tinha acontecido, mas havia algumas coisas que ele sabia com certeza: a perna havia quebrado, mas agora estava bem. E o que quer que tenha sangrado em sua barriga estava agora curado.

TRÊS

Três dias depois, Devin estava sentado em seu quarto. Seus pais queriam que ele ficasse de repouso por mais um dia antes de ele voltar para a escola.

A tomografia computadorizada mostrou sangue no abdômen, mas nenhum ferimento em nenhum órgão interno. Portanto, eles decidiram mantê-lo dois dias para observação e o enviaram para casa. Os médicos que o trataram ficaram todos confusos com o que estavam vendo. Devin tinha gostado de ouvir suas teorias e, no final, eles disseram que ele tinha sido extremamente afortunado.

Agora, ele apenas se sentava em sua cama, entediado e pensativo. Ele sabia que algo estava acontecendo, mas não se sentia à vontade para contar a ninguém. O que eles pensariam? As pessoas ficariam com medo? E se os médicos quisessem estudá-lo? Nada disso fazia sentido.

Houve uma batida na porta e Sawyer entrou no quarto.

"Ei. Seu pai disse que eu deveria aparecer. Ele pensou que você estava descansando".

"Não estou realmente descansando. Apenas entediado. Meus pais acham que preciso descansar, mas me sinto bem".

Sawyer foi até a mesa e puxou a cadeira. Ele removeu a pilha de roupas dobradas da cadeira e sentou-se. Viu algo vermelho brilhante na lata de lixo, que estava entre a cama e a mesa, e percebeu que estava olhando para vários lenços ensanguentados.

"Seu nariz estava sangrando?"

Houve uma longa pausa.

"Não, meu nariz não estava sangrando."

Outra pausa.

"Você consegue guardar um segredo?" Devin perguntou.

"Você sabe que sim." Sawyer pareceu ofendido.

Devin olhou para seu melhor amigo durante vários segundos, decidindo se deveria desistir de seu segredo. Finalmente, ele pegou dois lenços de papel da caixa em cima da mesa. Ele, então, enfiou a mão debaixo dos cobertores e retirou a navalha que havia escondido quando ouviu alguém na porta.

"Não diga nada", disse Devin. "Apenas assista." Deslizou a lâmina pela parte carnuda da palma da mão, criando uma incisão de 2,5 cm de comprimento.

"O que você está fazendo!" Os olhos de Sawyer se arregalaram.

Devin pousou a faca e pegou os lenços para parar o sangue derramado, antes que caísse. Ele não queria que sua mãe encontrasse sangue na cama.

"Só fique quieto e olhe", disse Devin com firmeza. Ele segurou a ferida para que seu amigo pudesse ver.

Em menos de cinco segundos, a incisão começou a se fechar. Em apenas mais cinco segundos, desapareceu completamente. O único vestígio que restava era o sangue seco em sua pele.

"Eu não acredito nisso. Como você fez isso?" Sawyer perguntou. O espanto era evidente em sua voz.

"Eu não sei como, ou por quê. Percebi pela primeira vez quando me cortei há algumas semanas. Antes disso, eu não sei. Parece que me curo rapidamente de ferimentos leves. Mas nada assim, até recentemente".

"Então isso é novo?"

Devin pensou por um momento. "Quando eu era criança, precisei de pontos depois de um acidente de skate. Algumas semanas depois, eles tiraram os pontos e a ferida ainda estava um pouco aberta. Então, nem sempre fui assim".

"Isso é incrível. Você se sente diferente?"

"Acho que não. Acho que me sinto normal. Estou mesmo confuso. Nós dois sabemos que minha perna estava quebrada. Eu senti e você viu. Quando acordei, estava tudo bem. Só não sei o que pensar".

Depois de um momento, Sawyer olhou para o amigo. "Faça de novo."

"Fazer o que?"

"Sua mão. Corte de novo. Agora que sei o que esperar, quero ver de novo".

Devin agarrou os lenços e a faca, e repetiu sua demonstração, aprofundando-se e abrindo uma incisão mais longa dessa vez. O resultado foi o mesmo. Em menos de cinco segundos, não havia traços da ferida.

"Surpreendente. Doeu?"

"Claro, por alguns segundos. Parecia um corte qualquer. Mas então parou e eu a senti se fechando".

"É como se você fosse imortal! Isso é tão incrível".

"Não, eu não sou imortal. Lembre-se de como fiquei nocauteado por um tempo. E você viu como minha perna estava torta depois do acidente. Os ossos ficaram quebrados por pelo menos vários minutos. Se alguém me desse um tiro na cabeça ou no coração, eu teria ido muito antes de ter tempo de me curar. Eu não sou um super-herói. Eu apenas me curo rápido demais", explicou Devin. Ele queria acalmar a excitação de Sawyer. Ele podia ter compartilhado o segredo, mas ainda queria manter essa situação estranha em segredo por enquanto.

Após uma pausa, Sawyer disse: "Você pode fazer mais alguma coisa?"

"Como o quê?"

"Eu não sei. Como, começar incêndios com sua mente, ou mover objetos, ou talvez até voar? Você consegue ler mentes?"

"Eu não sei. Não tinha pensado nisso. Acho que posso fazer outras coisas".

"Vamos tentar", disse Sawyer com entusiasmo. "Você pode me dizer o que estou pensando?"

Devin olhou o amigo nos olhos e, depois de um minuto, disse: "Não estou recebendo nada".

"Quando você olha nos meus olhos, qual é a primeira coisa que você acha que eu poderia estar pensando?"

Devin tentou novamente, e disse "Sorvete".

"Você conseguiu! Era nisso que eu estava pensando."

"Sawyer, é só isso que você pensa. Você sempre quer sorvete".

"OK, tente novamente. Vou pensar em algo mais aleatório".

Os dois garotos tentaram por mais de meia hora,

mas nunca foram capazes de reproduzir o primeiro palpite de sorte.

Devin balançou a cabeça. "Eu não consigo ler mentes. Isso não está funcionando".

"OK, tente mover algo com sua mente. Empurre esse lápis para fora da borda da mesa".

Devin lançou um olhar duvidoso ao amigo, depois se concentrou no lápis. Ele fechou os olhos e empurrou com a mente, mas nada aconteceu. Ele tentou por alguns minutos antes de desistir.

"Desculpe, amigo, mas parece que a cura é tudo o que faço."

Sawyer assentiu. "Uma última coisa. Você pode des-curar?"

"O que é des-curar?"

"Bem, se você pode curar, pode fazer o oposto? Você pode abrir uma ferida em si mesmo?"

"Por que eu iria querer fazer isso?"

"Só para ver se você pode."

Devin olhou para o amigo por alguns segundos e depois assentiu. Ele concentrou sua atenção na parte carnuda de seu antebraço, e a pele e o músculo subjacente se abriram. Os dois garotos deram um pulo.

"Eu não acredito nisso!", disse Sawyer.

Eles viram o ferimento fechar e desaparecer.

"Você realmente conseguiu! Isso é incrível".

Devin olhou para o braço e depois para o amigo. "Não sei se é bom. Batman é muito forte. Superman pode voar. Eu... posso me fazer sangrar".

"Você já contou a seus pais sobre isso?"

"Não. Eu acho que eles vão surtar. Tenho certeza de que eles não concordariam em manter isso em segredo. Eles vão querer que eu procure um médico para ver se há algo errado, e ainda não estou pronto para isso. Você não pode contar a ninguém, Sawyer".

Ele assentiu. "Então, agora o que?"

"O que você quer dizer?"

"Você tem esse dom... ou habilidade. O que você vai fazer com isso?"

Devin estava tentando encontrar uma resposta para essa pergunta desde que chegou em casa do hospital.

QUATRO

ANO 2019

O Mustang azul escuro de Devin, rastejou pela estrada gelada de inverno. A neve caía espessa e pesada, tornando a visibilidade quase impossível. Tinha nevado a noite toda, e agora no início da manhã, estava ficando mais quente e as estradas estavam escorregadias.

Sawyer estava sentado no banco do passageiro, animado com o que o dia prometia. Os dois meninos estavam em casa da faculdade, nas férias de Natal, e estavam indo encontrar alguns amigos que não viam desde o final do verão.

Devin e Sawyer frequentavam escolas diferentes nos últimos dois anos e meio, mas quando se reuniam, o vínculo estava mais próximo do que nunca. Eles esperavam ansiosamente compartilhar suas aventuras na faculdade quando tinham a chance de se atualizar. Desta vez não foi diferente. Ontem à noite, os meninos ficaram acordados até as duas da manhã saindo, comendo pizza e conversando sobre tudo o que estavam fazendo. Sawyer fez questão de perguntar como estavam as coisas com Devin e sua namorada,

Britany. Parecia que o relacionamento deles estava ficando sério.

Relutantemente, eles interromperam a discussão e foram para a cama quando perceberam que já era tarde. Os meninos tinham que acordar cedo porque tinham planos de encontrar outros seis amigos, da época do ensino médio, para o café da manhã. Eles estavam agora indo para a casa de Malcolm Daniels. Antes de mudar de carreira, o pai de Malcolm passou muitos anos como chef e ele sempre adorava fazer um grande banquete para seu filho e seus amigos.

Os meninos perceberam o movimento logo à direita. Com a neve caindo, era difícil dizer exatamente o que eles viam, mas parecia uma cabeça humana flutuando. Então, uma pessoa vestida de branco investiu contra o Mustang. Os dois garotos deram um pulo e Devin lutou para manter o carro sob controle e evitar bater nela.

"Cuidado!" Disse Sawyer.

Quando eles pararam, ficou claro que era uma mulher vestindo um roupão branco, fazendo com que ela ficasse invisível, exceto por sua cabeça. Ela também estava gritando algo para eles. O primeiro pensamento de Devin foi fugir desta mulher louca. Ao mesmo tempo em que estava descartando essa ideia, percebeu que sentia cheiro de fumaça.

"O que você está fazendo?" Sawyer gritou com a mulher quando saiu do carro. "Nós poderíamos ter batido em você!"

Devin deu a volta na frente do carro e viu que a mulher usava apenas chinelos com seu roupão de banho. Ela estava tão histérica que eles não a entendiam.

"Devagar", disse Devin. "Não podemos entender o que você está dizendo."

O cheiro de fumaça estava mais forte agora e parecia vir de uma casa escondida nas árvores.

"Minha casa está pegando fogo! Minha filha está lá dentro! Por favor, ajude. Megan está lá dentro!"

Sawyer e Devin travaram os olhos por um breve momento e depois correram em direção à casa na floresta.

Puxando o telefone do bolso, Sawyer gritou de volta para a mulher: "Você ligou para o corpo de bombeiros?"

"Sim, eles estão vindo. Mas minha Megan, ela ainda está lá", a mulher perturbada respondeu.

Quando os meninos se aproximaram da casa, eles viram uma fumaça espessa e branca saindo das vigas no segundo andar.

Subiram as escadas correndo para a varanda circundante. A fumaça era mais espessa aqui, e quando eles olharam para dentro da casa através da porta deslizante, não conseguiram ver muito por causa dela. O que eles viram foi um brilho laranja que parecia estar dançando na fumaça espessa. Sawyer agarrou a maçaneta e puxou a porta deslizante de vidro, mas ela não se mexeu. A mulher estava os alcançando. Ela escorregou e caiu duas vezes a caminho de casa, porque seus chinelos derrapavam, e a neve profunda até o tornozelo era bastante lisa.

"Essa porta está trancada!" ela gritou.

Sawyer começou a sair da varanda para encontrar outra porta, quando Devin o chamou.

"Fique aqui." Ele então olhou para a mulher. "Onde ela está?"

"Ela estava lá em cima no quarto dela."

Devin se afastou da porta cerca de dois metros, depois correu para ela e pulou na porta. O vidro explodiu. Em um acidente doloroso, ele caiu em uma mesa que não tinha visto por causa de toda a fumaça. Sentiu o vidro rasgar seu braço e a bochecha esquerda. Ele caiu no chão quando seu tornozelo direito torceu. A dor intensa atingiu seu corpo, causada pelo impacto com a porta e o tornozelo, mas ele não tinha tempo para ficar lá. Depois de se levantar, ele seguiu em frente e a dor já havia desaparecido. Ele gritou pela garota, mas os alarmes de fumaça soavam e ele sabia que não seria capaz de ouvir se ela estivesse respondendo. Logo, ele estava queimando e sufocando. Ele se forçou a seguir em frente, espantado com o calor.

Ao se aproximar dos degraus, ele pôde ver um pouco melhor. Havia muito mais fogo aqui e isso fornecia alguma iluminação. Parte do teto já havia caído e ele teve que mover os detritos para poder passar. Ele podia sentir os restos quentes queimando suas mãos. Nas escadas, ele empurrou uma grande folha de gesso caída e viu uma criança pequena embaixo. O material desmoronado abriu um grande corte na parte de trás de sua cabeça e do braço. Ela não estava se mexendo.

Devin podia sentir o fogo queimando sua carne e a dor abrasadora toda vez que ele inalava. Ele queria desesperadamente sair desse inferno. Depois de cair no chão, notou que o ar estava muito mais frio e menos fumegante. Ele pegou o cobertor laranja da mão da garota e a cobriu com ele, para fornecer alguma proteção contra o calor. Ele a pegou e correu para a porta. Devin se moveu o mais rápido que pôde com segurança, prendendo a respiração quando se forçou a atravessar uma parede de chamas. Ele não sabia se a garota estava respirando. Esperava que uma ambulância estivesse a caminho.

Sawyer viu seu melhor amigo voltar para a varanda. A maior parte de seus cabelos e as roupas haviam queimado. Nos braços dele havia um pequeno corpo envolto em um cobertor fumegante. Sawyer observou como as horrendas queimaduras e bolhas no rosto de Devin desapareceram. Os dois meninos baixaram a forma embrulhada em cobertor no chão e desembrulharam a garota. Sawyer estava tentando se lembrar das diferenças em como realizar a ressuscitação em uma criança, mas a lembrança não estava chegando a ele agora, com toda a emoção. Os dois ficaram aliviados quando ouviram as sirenes ficando mais altas.

A menina parecia ter cerca de oito anos e sua cabeça e braço estavam sangrando. Os meninos ficaram aliviados ao ver o peito dela subindo e descendo. Ela não estava respirando mais de oito vezes por minuto, mas estava respirando. Os meninos se agacharam sobre ela, enquanto sua mãe chorava histericamente. Devin colocou uma mão na testa da garota e a outra sob o pescoço para abrir as vias aéreas, para que ela pudesse respirar melhor. Seu corpo ficou rígido por alguns segundos, e os meninos viram a ferida feia em seu braço se fechar e desaparecer. Ela começou a respirar mais profundamente, e em mais alguns segundos, seus olhos se abriram.

Devin soltou a cabeça e olhou para a criança, espantado com o que acabara de testemunhar. Ele apontou para a cabeça dela e lançou um olhar interrogativo a Sawyer. Do seu ângulo, Sawyer podia ver melhor a ferida. Ele olhou e moveu o cabelo da garota para que pudesse ver o couro cabeludo, depois olhou para Devin com os olhos arregalados e disse a palavra "sumiu".

Quando o choque do que ele acabara de ver passou, Devin disse: "Acho que ela ficará bem, mãe. Venha ver."

Ainda chorando, a mulher caiu de joelhos e pegou a menina, que se sentou nos braços da mãe.

CINCO

DEVIN E SAWYER SAÍRAM DA VARANDA E SE afastaram da casa. Os bombeiros estavam chegando e os meninos não queriam atrapalhar. Sawyer começou a dizer algo enquanto se afastavam, mas Devin deu um aceno firme com a mão. Ele queria ter certeza de que eles não estavam perto de alguém que pudesse ouvir sua conversa. Eles pararam sob um cedro alto, que estava longe de toda a ação que acontecia na casa.

"Você sabia que isso iria acontecer?" Perguntou Sawyer.

"Não! Claro que não. Isso foi uma surpresa, tanto para mim, quanto para você".

"Isso só aconteceu, ou você de alguma forma fez acontecer?"

"Isso só aconteceu. Eu nem estava pensando em curar. Eu a toquei e foi tão automático quanto quando eu me curava. Apenas aconteceu".

"Você sentiu alguma coisa passando entre você e ela?" Sawyer perguntou. Suas perguntas estavam chegando tão rápido que Devin mal tinha tempo de responder.

Devin fez uma pausa e pensou em voltar. "Havia

algo. Não tenho certeza do que. Era como se eu sentisse algo me deixando, mas não me sentia fraco ou esgotado. Fiquei chocado com o que estava acontecendo".

Sawyer balançou a cabeça. "Isso é simplesmente incrível. E você? Olhando para suas roupas, você deveria estar gravemente queimado. Mas você está bem, certo?"

"Foi terrivelmente doloroso. Eu podia sentir minha carne queimando, mas estava curando quase tão rápido quanto. Eu certamente parecia estar me curando muito mais rápido do que antes". Ele fez uma pausa. "Vamos tentar sair daqui. Com as roupas queimadas, estou congelando. Vamos voltar ao Mustang e à estrada antes que alguém queira nos fazer algumas perguntas".

"Claro, vamos."

Os meninos foram para a entrada e seguiram em direção à rua. Passaram por dois caminhões de bombeiros, e por cima de um monte de mangueiras de tamanhos diferentes. Eles estavam quase na estrada quando ouviram alguém se aproximar deles por trás.

Eles pararam e se viraram, e viram um policial alto e uniformizado se aproximando.

"Meninos, por favor, esperem um minuto."

"Fizemos algo errado, oficial?" Disse Sawyer.

"Errado? Certamente não. Parece que vocês são heróis. Só temos algumas perguntas a fazer".

"Posso ir ao meu carro e pegar uma jaqueta primeiro?" Devin disse. "Estou congelando."

O policial olhou mais de perto para Devin e disse. "Você está machucado? Parece que você se queimou".

"Não, não me machuquei."

"Quero que os médicos deem uma olhada em você antes de ir."

"De verdade, eu estou bem. Eu só quero vestir meu casaco".

"Que tal, enquanto seu amigo vai e pega sua jaqueta, você e eu, vamos até a ambulância e damos uma olhada em você."

"Continue, Dev. Vou pegar sua jaqueta e te encontro lá".

Relutantemente, Devin seguiu o oficial. Ele não queria agir como se tivesse algo a esconder, mas também não queria toda essa atenção.

O policial abriu as portas traseiras da ambulância e Devin entrou. Era bom estar no calor, mas estava lotado com dois paramédicos, Megan e a mãe. A jovem estava deitada na maca com todos os outros a cercando.

Sua mãe agarrou o braço de Devin. "Você está bem? Você a salvou. Obrigado!"

Ele não tinha certeza de como responder. "Estou feliz que ela esteja melhor." Ele olhou para Megan. "Você está se sentindo bem?"

"Sim. Eu continuo dizendo a eles que me sinto bem, e eles continuam procurando algo errado", ela suspirou.

Uma médica, baixa e atarracada, se aproximou de Devin. "Onde você está machucado?"

"Estou bem também. Sem problemas"

"Suas roupas estão quase todas queimadas. Você deve ter algumas queimaduras".

Devin tirou os restos da camiseta de manga comprida e ficou girando em círculo.

"Eu tive sorte. Não me queimei".

A médica pegou uma pequena toalha molhada e limpou um pouco da fuligem da pele.

Ela pareceu confusa enquanto olhava para o braço dele. "Tem sangue aqui." Ela esfregou a área com a toalha, encontrando a pele intacta e saudável. Para o parceiro, ela disse: "É como a garota. Sangue, mas sem ferimentos".

O outro médico ergueu os olhos do laptop em que estava digitando. "Isso não faz sentido. Tem que haver uma lesão em algum lugar".

Sawyer abriu a porta dos fundos da ambulância e viu como estava lotada então, ele disse: "Eu estou com sua jaqueta e uma camisa que estavam no seu banco de trás. Vou esperar aqui fora".

Ele entregou as roupas e Devin as vestiu.

"Obrigado por me examinar", disse ele. "Posso ir agora?"

"Só um minuto. Preciso obter algumas informações para o nosso relatório e queremos verificar seus sinais vitais e ouvir seus pulmões".

Cinco minutos depois, Devin saiu e confirmou com o oficial que eles poderiam ir embora. Os meninos entraram no carro e foram novamente interrompidos por alguém vindo atrás deles. Dessa vez era a mãe da menininha.

"Por favor, espere", disse ela. "Quero agradecer a vocês novamente." Ela deu um abraço em cada garoto. "Não sei o que teria feito se ela não tivesse sobrevivido." Ela começou a chorar novamente.

Devin colocou a mão no ombro dela. "Estou feliz que estávamos aqui e pudemos ajudar."

Ela pegou os dois meninos pelo braço, puxou-os para mais perto e olhou para trás para ver se estavam sozinhos.

"Eu sei que estava histérica, mas também sei o que vi. Seu rosto ficou terrivelmente queimado por um momento e depois ficou bem. E no local em que os médicos encontraram sangue no braço de Megan, vi que estava rasgado, quando você a desembrulhou do cobertor. Desviei o olhar porque era tão horrível. Eu não aguentava ver essa lesão na minha garotinha. Quando olhei de novo, o braço estava bem. Eu sei que isso parece loucura. Por isso não disse nada aos paramédicos".

Devin assentiu. "Estou feliz por termos ajudado você e sua filha. Agora, você pode me fazer um favor?"

"Qualquer coisa."

"Nunca conte a ninguém o que você viu. As pessoas vão pensar que você é louca".

Ele levantou o dedo indicador, e todos assistiram quando a ponta do dedo se abriu e se fechou novamente. Ele olhou para a mulher chocada e levou o mesmo dedo aos lábios, sinalizando no sinal universal para manter em segredo.

Devin piscou para ela e os dois garotos foram até o carro e foram embora.

SEIS

ASSIM QUE SAWYER FECHOU A PORTA DO CARRO, ele começou a rir. "Não acredito que você fez isso. Você viu o olhar no rosto dela? Os olhos dela estavam tão abertos que poderiam ter caído".

"Eu sei. Foi uma coisa estúpida de se fazer. Pareceu uma boa ideia no momento". Devin se juntou à risada.

"Fiquei quase tão chocado quanto ela. Tudo o que eu continuo ouvindo de você é como isso deve permanecer em segredo, e então você faz isso. Você nem contou para a Britany, e acha que está apaixonada por ela. Foi realmente a primeira vez que você curou outra pessoa?"

"Eu juro que sim. Eu nunca pensei que isso fosse possível. Fiquei tão surpreso quanto você".

Devin deu partida no motor e os meninos continuaram sua jornada. Sawyer pegou o telefone e ligou para Malcolm, para que ele soubesse que ainda estavam a caminho, apesar de que iriam chegar quase uma hora atrasados, e para garantir que alguma comida fosse guardada.

"Você ainda não contou a seus pais sobre isso?" Disse Sawyer.

"Não, nunca. Não tenho ideia de como eles vão reagir".

"Depois do que vimos hoje, acho que provavelmente é hora de contar a eles." Sawyer aconselhou.

"Eu acho que deveria. Vou pensar sobre isso."

A neve havia diminuído, então Devin dirigiu mais rápido. À frente havia uma escola primária, cujo estacionamento estava vazio por causa das férias de Natal.

"Devin, encoste no estacionamento por um minuto".

"Esse lote não é arado e não quero ficar preso na neve. Já estamos atrasados o suficiente".

"Não é tão profunda. Você vai ficar bem."

Devin diminuiu a velocidade do carro. "Por quê? Estou com fome e estamos muito atrasados. Espero que eles tenham guardado um pouco de comida".

"Eu quero tentar uma coisa".

Devin não disse mais nada, suspeitando onde isso ia chegar. Quando o carro parou, Sawyer desatou o cinto de segurança e tirou do bolso da calça uma pequena faca dobrável. Seu pai havia dado a ele como um presente anos atrás, e ele sempre carregava com ele.

Ele tirou o braço da camiseta e abriu a lâmina. Ele colocou a ponta da lâmina na parte carnuda do antebraço e tentou fazer um pequeno corte, mas descobriu que não conseguia cortar o braço. Ele, acidentalmente, havia se cortado com a mesma faca várias vezes ao longo dos anos, mas fazê-lo intencionalmente era uma questão diferente.

Depois de assistir o amigo tentar várias vezes cortar a pele, apenas para parar no último segundo,

Devin disse: "Você vai fazer isso ou podemos comer?"

"Não é tão fácil quanto parece. Que tal você fazer isso?" Ele tentou entregar a faca para Devin.

Devin puxou as mãos para trás. "Eu não vou cortar você. De jeito nenhum! E é melhor você não sujar meu carro de sangue."

Sawyer voltou seu foco para o braço, e depois de se concentrar por alguns segundos, ele apontou a faca para a pele e criou um pequeno furo. Era tão pequeno que nem precisaria de um curativo.

Devin começou a rir. "Realmente? É o melhor que você pode fazer?"

Sawyer não disse nada e estendeu o braço. Devin tocou a mão de seu amigo. Os dois meninos sentiram algo, e então a pequena incisão se foi.

"O que você sentiu?" Devin disse.

"Senti um movimento na ferida, a incisão se fechando. Ao mesmo tempo, houve um fim imediato à dor. Tudo aconteceu tão rápido".

Devin sorriu. "Isso tinha que acontecer rápido. Esse corte foi tão pequeno que seria curado por si só em mais um ou dois minutos."

"O que você sentiu?"

"O mesmo da última vez. Era como se algo tivesse me deixado, mas foi imediatamente substituído. Mesmo que a lesão tenha sido muito menor desta vez, parecia exatamente igual. Foi uma sensação quente, se isso faz sentido. Nem um pouco desagradável. Se isso é tudo, podemos ir agora?"

"Vamos tentar mais uma coisa primeiro. Experimente o des-curar".

"Você realmente precisa de um termo melhor. Então você quer que eu abra sua pele?"

"Certo. Sabemos que você pode fazer isso em si mesmo. Vamos ver se você pode fazer isso com outra pessoa."

"Então, onde você quer? Na sua garganta?" Devin sorriu.

Sawyer balançou a cabeça. "Não, eu acho que não. No meu braço está bem". Ele estendeu o braço para o amigo.

Devin focou na ideia de abrir a pele e tocou o braço de Sawyer. Instantaneamente, uma ferida maciça se abriu. Era muito mais extensa do que qualquer dos garotos esperava. Tinha mais de dez centímetros de comprimento e era bastante profunda. Devin recuou, batendo a cabeça na janela do lado do motorista, e Sawyer gritou. Devin se recuperou rapidamente e agarrou o braço no cotovelo. A bagunça horrenda da carne sangrando começou a se fechar e em segundos se foi. Os dois meninos estavam respirando com dificuldade pelo choque do que aconteceu.

"Você quis que isso acontecesse assim?"

Devin olhou para o amigo e balançou a cabeça, ainda chocado com o que havia feito.

"Acho que é bom você ficar longe da garganta. Minha cabeça poderia ter sido cortada". Sawyer brincou.

Devin não reagiu ao humor. "Podemos ir agora?"

SETE

Devin dirigiu o Mustang, guiando-o pela entrada de automóveis recém-limpa que levava à casa de dois andares pertencente a Malcolm Daniels e sua família. Havia outros sete carros estacionados na entrada da garagem, e os meninos reconheceram quatro deles como pertencentes à família dos Daniels. Devin estacionou e eles foram para a porta. Sawyer bateu e Scott Daniels, pai de Malcolm, abriu a porta. Antes que qualquer coisa pudesse ser dita, o cachorro dos Daniels, Spike, saiu para ver quem estava lá. Spike era um pitbull. preto e branco de dez anos, que pesava quase cinquenta quilos. Qualquer um que não conhecesse Spike poderia ficar nervoso, mas quando você o conhecer, perceberá que era uma das criaturas mais adoráveis que já existiram. Os dois meninos conheciam Spike desde que ele era um filhote e se curvaram para trocar carinhos com ele.

"Meninos, que bom que vocês finalmente conseguiram. Nós guardamos comida para vocês".

"Obrigado!" eles disseram, em uníssono.

Quando eles entraram na casa, Scott disse: "Foi

por causa do tempo? Você não ficou preso, não é? Que cheiro é esse?"

Eles entraram na sala de jantar lotada e seus cinco melhores amigos, que não viam há meses, os receberam com altos gritos e ondas.

"Que bom que vocês finalmente conseguiram."

"Devin, pensei que você soubesse dirigir na neve. O que aconteceu? Você está quase uma hora atrasado".

"Dev, o que aconteceu com seu cabelo?"

Os comentários alegres vieram de muitos meninos, até que o cheiro, que o pai de Malcolm notou, atingiu os outros.

"Caramba, pessoal. Vocês estão cheirando como uma lixeira em chamas" disse Malcolm. "O que aconteceu?"

O grupo ficou quieto. Os meninos perceberam que havia mais do que apenas um simples atraso, e eles queriam ouvir a história.

Devin estava pensando no que lhes dizer e decidiu deixar a maioria dos detalhes de fora, porque não faziam grande diferença na situação. Ele esperava que Sawyer soubesse acompanhá-lo.

"Na Rua 34th, a cerca de 1,6 km ao sul da escola primária, houve um incêndio numa casa. Tentamos ajudar a moça antes que o corpo de bombeiros chegasse lá. Acabamos sendo atingidos pela fumaça, e está tudo em nossas roupas e cabelos".

"Uau, alguém se machucou?" Scott disse.

Sawyer respondeu, destruindo a tentativa de Devin de manter a emoção da história. "Não. E só porque Devin aqui entrou na casa em chamas e resgatou uma menininha! Ele perdeu o cabelo e é um milagre que ele não tenha sido queimado". Ele deu um sorriso conspiratório para Devin.

Devin balançou a cabeça. "Não foi grande coisa. Qualquer um faria a mesma coisa".

"Claro que isso parece muito importante", disse Tony Jiffers, e os outros concordaram.

"Acho que você é um herói", disse Don Swain.

"Realmente, pessoal, não foi grande coisa". Devin disse, enquanto lançava um olhar para Sawyer, dizendo ao outro garoto acompanhar a história.

"Devin, desculpe, cara, mas você fede muito", disse Malcolm. "Você e eu sempre tivemos o mesmo tamanho. Vamos lá para cima. Você toma banho e eu vou pegar algumas roupas pra te emprestar".

"Parece bom. É melhor ainda ter comida aqui quando eu voltar".

Enquanto subiam, Devin disse: "Onde está a Tracie hoje?"

Tracie era irmã de Malcolm. Ela era dois anos mais nova que os outros meninos, mas ainda andava com eles.

"Ela tirou os dentes do siso ontem. Está com muita dor e não quis tomar os analgésicos. Depois de ficar a noite toda acordada e resmungando, mamãe a fez tomar as pílulas algumas horas atrás. Ela está finalmente dormindo".

Eles entraram no quarto de Malcolm e ele encontrou uma camiseta e uma calça jeans.

"Eu também posso te dar algumas meias e cuecas, se você quiser. Não as quero de volta".

"Obrigado, mas as que tenho estão boas. Posso pegar uma sacola para colocar essas roupas velhas?"

Devin foi tomar um banho e Malcolm encontrou para ele uma velha sacola plástica do supermercado.

Devin entrou no chuveiro e ficou impressionado com a intensificação do cheiro da fumaça quando ele começou a se lavar. Ele esfregou o corpo várias vezes e depois lavou os restos mutilados de seus cabelos, duas vezes.

Enquanto tomava banho, ele pensou nas implicações dos eventos da manhã. Ele agora tinha uma habilidade com a qual poderia fazer algo positivo. Considerou entrar em algum tipo de ministério para ajudar as pessoas. Deus o havia dado esse dom, e poderia haver uma oportunidade de usá-lo para servir.

Devin saiu do chuveiro, se secou com uma toalha que Malcolm o havia dado, e se vestiu. Ele saiu do banheiro, carregando a sacola com suas roupas velhas. Enquanto começava a descer o corredor, parou na porta fechada do quarto de Tracie. Depois de fazer uma pausa por um segundo, ele silenciosamente abriu a porta. Entrou no quarto e se aproximou da figura adormecida na cama. As cortinas estavam fechadas, mas ainda havia luz suficiente para ver os hematomas e inchaços que restavam da remoção dos dentes do siso impactados. Ele se abaixou e tocou o antebraço exposto de sua amiga. Ele sentiu como se algo o tivesse deixado, mas foi imediatamente substituído. O inchaço estava diminuindo e os hematomas desapareceram.

Devin virou-se rapidamente e saiu do quarto. Estava preocupado que alguém o encontrasse no quarto dela e entendesse mal sua razão de estar aqui. Depois de descer as escadas, ele foi recebido pela mãe de Malcolm, que segurava um par de aparadores de cabelo elétricos.

"Oi, Devin. Ouvi dizer que você teve alguma emoção esta manhã".

"Sim, foi um dia louco e eu nem tomei café da manhã."

Ele ouviu uma porta se abrindo no andar de cima.

"Você vai comer, e então eu vou deixar essa bagunça na sua cabeça um pouco mais apresentável."

"Obrigado. Isso parece bom."

Devin continuou até a cozinha e ouviu uma alegre voz feminina do andar de cima gritar: "Ei, mãe! Adivinha?"

OITO

O Green Street Pizza era um local popular entre os estudantes universitários. Os preços eram razoáveis e ficava a uma curta caminhada do campus. O proprietário havia decorado o restaurante com lembranças da universidade, o que criou uma atmosfera agradável.

As férias de Natal tinham terminado e os alunos estavam voltando às rotinas. Todos eles tinham novos horários de aula e tinham que modificar suas vidas sociais de acordo. Portanto, essa foi a primeira vez que Britany Murray e seu namorado, Devin Baker, passaram algum tempo juntos desde antes das férias. Quando eles chegaram para jantar, o restaurante estava cheio, como sempre. Eles encontraram amigos em comum em uma mesa e se espremeram em duas cadeiras adicionais para se juntar a eles. Eles riram e brincaram por um tempo, mas depois os outros foram embora, deixando o casal em paz.

A conversa deles foi embaraçosa, e nenhum deles falou muito. Eles conversaram sobre o que aconteceu durante as férias e como suas famílias desfrutaram desses dias, mas então ficaram um pouco calados, distraídos com seus pensamentos. A melhor parte da conversa foi a história, diluída, sobre o incêndio na casa que Devin havia compartilhado.

A pizza de pepperoni e calabresa, a favorita do casal, estava entre eles, meio comida. Cada um deles queria trazer algo que precisava discutir, mas nenhum se sentia à vontade em fazê-lo em um ambiente público.

"Está tudo bem?" Britany disse. "Você está muito quieto esta noite."

"Sim, estou um pouco cansado. Ainda estou me acostumando com a nova agenda".

Ela assentiu. "Também estou cansada. Acho que vou voltar para o meu apartamento e dormir cedo".

"OK. Vou voltar para o dormitório e te mando uma mensagem mais tarde".

Britany se levantou e Devin deu-lhe um abraço e um beijo de despedida. Ele notou novamente que ela não parecia ela mesma.

Ela saiu pela porta, irritada consigo mesma. Caminhou até o carro e apertou o botão para destrancar a porta. Então, entrou e ligou o motor.

"Agh!" Ela gritou quando bateu no volante, mesmo que não houvesse ninguém para ouvi-la.

Ela pretendia contar a Devin sobre um detalhe adicional do feriado de Natal, mas havia perdido a coragem. Ela até memorizou e praticou o que queria dizer. Agora, aquilo ocuparia seus pensamentos até que finalmente o fizesse.

Durante todo o ensino médio, ela teve um namorado chamado Trevor. Eles eram inseparáveis e até planejavam ir para a mesma faculdade. Infelizmente, Trevor foi aceito na West Coast University, à qual ambos se candidataram, mas Britany havia sido rejeitada. Quando ficou claro que eles estariam em faculdades em lados opostos do país, eles decidiram se separar.

Durante as férias, Trevor foi para a casa dos pais. Ele havia decidido se transferir para uma faculdade que ficava a uma curta distância de carro da escola de Britany. Ambos estavam ansiosos para retomar seu relacionamento de onde haviam parado. Mas havia um detalhe com o qual Britany tinha que lidar – Devin. Ele era doce e eles aproveitavam o tempo juntos, mas o que eles tinham não era nada comparado ao que ela e Trevor haviam compartilhado. Ela sabia que isso surpreenderia Devin, e o machucaria. Ela não queria isso, mas estava com Trevor novamente.

Ela saiu do estacionamento e seguiu para a Rua Market, sua frustração ainda agitada, fazendo com que ela se distraísse. A menos de meio quilômetro da pizzaria, ela não parou para o sinal vermelho na Rua Diamond e atravessou o caminho de um caminhão de entrega. O motorista mal pisou no pedal do freio, antes que seu caminhão colidisse com a porta do lado de Britany, a 80 quilômetros por hora. A força do impacto fez com que sua cabeça batesse na janela lateral, quebrando o vidro violentamente. O grande para-choque do caminhão esmagou a lateral do carro, forçando a porta a invadir o espaço do motorista por quase meio metro. Esse metal destruído, colidiu com o lado esquerdo de seu tórax, quadril e coxa, com resultados devastadores.

NOVE

Devin observou a namorada sair e também ficou frustrado. Ele planejara ter uma conversa séria com ela, mas precisava deixá-la sozinha. Estava preocupado com o que aconteceria quando compartilhasse seu segredo com ela. No entanto, sabia que eles estavam cada vez mais próximos, e que podia confiar nela. Ele também começava a pensar em lhe propor casamento na formatura, daí a pouco mais de um ano.

No último dia do feriado de Natal, ele disse a Sawyer que estava pensando em revelar o segredo a Britany. Sawyer só conheceu Britany uma vez e achou que ela parecia legal. Ele disse que dependia de Devin, mas quanto mais pessoas soubessem, melhores as chances de a história sobre seu dom de cura vazar.

Devin concordou que queria limitar o número de pessoas que sabiam. Atualmente, havia apenas três, agora que ele havia dito aos pais. Na noite anterior, ele demonstrou o que podia fazer. Eles ficaram chocados e tinham muitas perguntas, que ele pacientemente respondeu, da melhor maneira possível. Felizmente, eles viram a sabedoria em manter segredo por enquanto.

Devin ainda queria acrescentar mais uma pessoa ao segredo. Por mais maravilhoso que fosse seu relacionamento com a Britany, isso não continuaria se houvesse segredos entre eles. Ele até decidiu como diria a ela. daria uma breve descrição e, em seguida, demonstraria para ela, da mesma maneira que demonstrou sua capacidade para Sawyer.

Mas hoje à noite não parecia certo ter essa conversa. Eles precisavam ficar sozinhos para uma conversa como essa, não em um lugar público. Devin só queria contar a ela e não ter mais esse segredo entre eles.

Depois de colocar a jaqueta e despejar as bandejas no lixo, Devin saiu pela porta e a viu sair do estacionamento. Enquanto começava a andar e colocava uma touca sobre a cabeça, para protegê-lo do ar amargo do inverno, houve um som horrível. Veio da direção que Britany acabara de seguir. Momentos depois, ele ouviu alguém gritar e correu em direção ao acidente. Ele se perguntou se o grito tinha vindo de Britany. Ela testemunhou uma colisão? Enquanto corria, sua mente saltou para outra possibilidade – talvez Britany estivesse envolvida no acidente.

Demorou menos de dois minutos para ele correr a pequena distância e, ao se aproximar, soube que seus últimos pensamentos estavam corretos. Um caminhão fumegante e um carro familiar estavam no cruzamento, esmagados. Um rádio ainda estava ligado e a música podia ser ouvida vindo do caminhão. Havia vários espectadores, a maioria falando em telefones celulares, e um tirando fotos.

Quando Devin se aproximou, ele ouviu um homem na multidão dizer ao telefone: "Ela estava meio que respirando ou se engasgando quando cheguei aqui, mas não está mais".

Devin correu para a porta aberta do passageiro e entrou. Estava escurecendo, mas havia uma luz suficiente saindo do único farol restante do caminhão para ele ver que o trauma era extenso. Ele agarrou o braço direito dela no pulso e esperou, mas não sentiu nada acontecer. Devin soltou o braço dela e o agarrou novamente. Ainda assim, nada aconteceu. Finalmente, ele usou os dedos para sentir o pulso no pescoço dela. Não havia nada lá.

O horror bateu em seu estômago. Ele estava muito atrasado. *Se eu tivesse chegado aqui mais rápido, poderia tê-la salvado.*

Devin tinha a capacidade de salvar muitas vidas, mas pela única pessoa que mais importava para ele, não podia fazer nada. Ele saiu do carro e sentou-se no meio-fio, soluçando com força.

Alguns meses depois, no final de seu primeiro ano, Devin se retirou da faculdade. Ele estava desperdiçando seu tempo. Ele precisava descobrir o que esse dom poderia fazer.

DEZ

ANO 2020

Era uma manhã ensolarada de verão, quando o Ford Mustang, azul escuro de 79, saiu da garagem. Devin estivera pensando cada vez mais sobre como ele poderia usar sua capacidade e como manter o controle sobre quem sabia disso. Ele queria entrar em uma sala de emergência movimentada e começar a tocar em pessoas feridas, mas a segurança em um pronto-socorro, e o número de testemunhas em potencial, tornaram essa abordagem menos prática.

Devin estava animado com a possibilidade de usar seu dom como ministro religioso. Mas a morte de Brittany o fez pensar se esta ainda era a direção que ele queria seguir. A ideia de cura física e espiritual funcionara bem em seu plano, mas agora ele se sentia frustrado pela tragédia e pensava que era preciso uma reavaliação. A única coisa de que Devin tinha certeza era que, até que ele entendesse a extensão de suas habilidades, planos reais não podiam ser feitos, e ele estava desanimado porque não sabia ao certo como começar.

Na semana passada, Sawyer o ajudou a criar um folheto de meia página. Dizia: *Deus me deu a capaci-*

dade de curar você. Tudo o que ele quer é que você me conheça. Sob essas palavras havia três versículos das escrituras. Ele não ficou satisfeito, mas presumiu que com o tempo ele seria capaz de melhorá-lo.

Devin estacionou no estacionamento principal de visitantes do North East Regional Hospital. Ele saiu do carro, ajeitou a gravata e correu pela rua. Sawyer sugeriu que vestir-se bem poderia fazê-lo parecer um pouco mais oficial, e menos propenso a ser desafiado, enquanto se movia pelo hospital. Devin não se importava com a gravata, mas havia rejeitado o paletó porque parecia muito abafado.

O sono tinha sido indescritível noite passada. Ele ficou lá, pensando sobre como iria abordar as pessoas nesta visita ao hospital. Parecia que seria impossível avançar e ainda manter o controle de quem sabia sobre sua capacidade. Eventualmente, ele decidiu tentar manter seu segredo um pouco mais. Esperava ser escoltado do hospital pela segurança hoje, mas também, esperava interagir com pelo menos meia dúzia de pacientes antes que isso acontecesse.

Devin entrou pela frente e passou pelo guarda de segurança. Ele continuou andando sem olhar para o guarda, sua frequência cardíaca aumentando. Como o saguão estava destruído para reforma, ele teve que atravessar por tábuas de madeira compensada. Havia folhas gigantes de plástico bloqueando partes da grande sala, e o cheiro de tinta era proeminente. Devin manteve os olhos à frente e seguiu adiante. Ele imaginou que, se parecesse saber para onde estava indo, menos atenção seria atraída para ele. O elevador estava à frente, à esquerda. Quando finalmente chegou, ninguém sequer lhe deu uma segunda olhada. Apertou o botão do terceiro andar e, antes que as portas se fechassem, outras duas pessoas entraram. O primeiro era um homem de cinquenta e poucos anos, vestindo uma camiseta desbotada e jeans azul rasgado. A segunda era uma mulher baixa, de vinte e poucos anos ou trinta anos. Ela tinha feições hispânicas e usava uma bata verde e um jaleco com um estetoscópio pendurado no bolso. Ela tinha uma mochila por cima do ombro e o braço esquerdo estava numa tipoia.

O homem apertou o botão do elevador marcado com 5. A mulher apenas olhou para os botões e não fez nada, claramente satisfeita com um dos dois andares já selecionados. O elevador parou no terceiro andar, destinado a pacientes que estavam se recuperando de cirurgias. Havia várias unidades diferentes aqui, então haveria uma grande variedade de problemas de saúde que Devin poderia encontrar.

Ele saiu do elevador, seguido pela mulher, e parou para olhar para um diretório eletrônico montado na parede, mostrando as diferentes unidades neste andar. A3 ficava à esquerda e parecia ser um bom lugar para começar. Ele foi nessa direção, agora seguindo a mulher com a tipoia. Devin diminuiu o ritmo para que ela não estivesse muito perto, pois tentava decidir qual paciente visitar primeiro. Ele passou pelas grandes portas abertas e viu que havia cerca de vinte, ou mais, quartos de pacientes, com um posto de enfermagem no centro. Olhando para o primeiro quarto em que chegou, viu que havia um monte de gente lá dentro. Vários funcionários do hospital e alguns visitantes conversavam. Esse era precisamente o tipo de quarto que ele queria evitar.

Devin olhou para o quarto ao lado e ficou desapontado ao ver que estava vazio. Havia apenas mais algumas opções por perto e, em seguida, havia alguns quartos de pacientes em frente ao posto de enfermagem. Mais uma vez, um lugar que ele queria evitar. Pela terceira vez esta manhã, ele pensou em se virar e ir para casa. Estava ficando cada vez mais nervoso.

Um paciente ocupava o terceiro quarto e não havia visitantes. Ele entrou, tentando parecer que pertencia ao local. Um homem afro-americano de meia-idade estava descansando, reclinado na cama. Havia um suporte de soro próximo à cabeceira da cama, com vários sacos cheios de líquidos, de tamanhos diferentes, pendurados nele. Uma mesa de cabeceira contendo um copo de gelo, um telefone celular e uma revista, estava ao lado da cama, tudo ao alcance do paciente. O paciente estava acordado, mas parecia sonolento. Ele não olhou para Devin quando ele entrou.

"Bom dia", disse Devin. "Estou passando para ver como você está e deixar algo para ler".

"Obrigado. Vou olhar quando estiver um pouco mais acordado".

"Você se importa se eu perguntar o que te trouxe aqui?"

"Meu apêndice. Eu esperei muito tempo para vir e ele se rompeu. Acho que se eu tivesse vindo mais cedo, seriam apenas algumas pequenas incisões. Em vez disso, como rompeu, eles tiveram que me abrir todo".

Devin se aproximou da cama. "Ok. Descanse um pouco".

Ele tocou o braço do homem e sentiu uma sensação familiar. Algo o deixou e foi instantaneamente substituído.

"O que aconteceu?" o homem perguntou. "De repente, me sinto muito melhor".

Devin percebeu que ele ainda estava letárgico pelos efeitos prolongados da anestesia e dos remédios para dor.

"Descanse um pouco e, se você ainda estiver curioso depois, leia o papel que eu deixei. Só peço que você não conte a ninguém que eu estive aqui, por um tempo".

Ele se virou e saiu, sorrindo pela confusão no rosto do homem.

Devin decidiu que seria melhor escapar do local de sua primeira cura. Ele se mudou para a próxima ala, marcada como B3. Esta área tinha uma configuração semelhante. Era em forma de U alongado, com o posto de enfermagem no meio. Quando se aproximava do primeiro quarto, uma enfermeira e um visitante masculino apareceram. Ela estava dizendo a localização do refeitório enquanto passavam por Devin, que rapidamente entrou no quarto. Na cama havia uma mulher com trinta e poucos anos. A perna e o braço esquerdo estavam imobilizados e embalados em sacos de gelo. Ela estava sentada e trabalhando com o controle remoto da TV na mão direita.

"Olá, eu vim deixar alguns papeis", disse Devin.

"Ok, pode deixar e depois eu vejo."

"Posso perguntar o que aconteceu?"

"Eu estava na minha moto e um carro saiu de uma garagem, direto para mim".

"Ah não. Parece que você foi atingida em cheio". Devin se aproximou da cama.

"Sim, eu fui. Minha perna estúpida quebrou em três lugares e o braço, em dois. Eles fizeram uma cirurgia na perna e outra no braço. Haverá pelo menos mais duas em cada quando o inchaço diminuir. Acabarei com muitos pinos, placas e parafusos".

"Talvez nem tudo isso seja necessário". Devin deu um passo final para mais perto e segurou o braço não ferido da mulher.

"O que você está..." Toda a sua dor foi interrompida e ela sentiu um movimento dentro de suas extremidades feridas.

Devin soltou a mulher e sorriu. "Como está?"

"O que você fez comigo?"

"Dê uma olhada no seu braço. Como parece estar?"

Ela estendeu a mão e tirou as bolsas de gelo e o descobriu o máximo que pôde. Alguns dos hematomas ainda estavam lá, mas estavam muito melhores, e o inchaço havia diminuído consideravelmente. O mais notável foi que o braço estava reto, não mais dobrado e quebrado.

"Tente movê-lo um pouco", disse Devin.

A mulher deu a Devin um olhar interrogativo, abriu lentamente o punho, depois abriu-o e fechou-o mais rapidamente. Ela começou a mover o pulso, sem sentir dor. Ela tirou os olhos do braço curado e olhou para o jovem que acabara de aparecer em seu quarto.

"A perna também está consertada?"

"Sim. Não haverá mais pinos e parafusos".

"Como você fez isso?"

"Deus me deu um dom – a capacidade de ajudar os outros. Por favor, leia o papel que eu trouxe. Além disso, o hospital provavelmente me expulsará daqui quando perceberem o que estou fazendo. Por favor, não diga nada por um tempo. Quero ajudar mais algumas pessoas".

Quando Devin saiu da sala, ele ouviu um sincero "Obrigado", gritado para ele.

Ele foi para o outro lado da unidade para procurar seu próximo alvo, sem saber que ele já havia atraído atenção.

ONZE

A Dra. Robyn Keller estava de péssimo humor. A dor latejante no pulso esquerdo parecia estar piorando. Talvez tivesse sido um erro tentar voltar ao trabalho hoje. Ela havia parado de tomar seu remédio para dor ontem à noite, sabendo que não poderia voltar se ainda estivesse com ele.

Dois dias atrás, ela estava correndo na trilha ao redor do lago depois de deixar o hospital à noite. O tempo estava perfeito e sua mente ainda estava trabalhando. Ela percorria essa trilha com frequência e conhecia cada curva e volta completamente. Como sempre, estava com os fones de ouvido e ouvia sua lista de músicas favorita. Ela estava em uma curva acentuada na trilha e adicionando força à sua corrida, à medida que a inclinação aumentava. De repente, seu pé direito deslizou de baixo dela, desequilibrando-a. Ela caiu e bateu no chão com o braço esquerdo na frente dela. A dor explodiu em seu pulso. Ela rolou de costas, gritando.

Depois de se recompor, ela se sentou lentamente, imaginando o que a fizera cair. Foi quando o cheiro chegou. Ela olhou de volta para a trilha e para a bagunça nojenta na parte inferior do tênis de corrida. Robyn sentiu raiva quando se deu conta de que era vítima de um proprietário irresponsável de cães que não conseguiu limpar as fezes do animal de estimação.

Ela se levantou e começou a caminhada de um quilômetro até o carro, o inchaço no pulso aumentando constantemente. Lágrimas escorriam por suas bochechas, e ela pensou sobre que dano poderia haver e quanto tempo levaria para se recuperar completamente. Como residente de cirurgia, o uso das duas mãos era obrigatório. Uma lesão como essa poderia prejudicar significativamente sua carreira.

Naquela noite, os raios-X mostraram que nada havia quebrado. Foi uma entorse ruim e devia curar sem cirurgia. Ela recebeu remédios para dor e foi instruída a colocar gelo por 24 horas, o que havia feito. No entanto, precisava voltar ao trabalho, mesmo que não conseguisse ir para a sala de cirurgia. Ela ficaria presa ao acompanhamento de pacientes nos quais outros cirurgiões haviam trabalhado, e isso a irritava mais do que um pouco.

Então, quando estava entrando no estacionamento dos funcionários, em um local reservado para médicos, ficou novamente agradecida por ter sido o pulso esquerdo. Se tivesse sido o direito, dirigir seria muito mais difícil. Depois de estacionar, enfiou a mão na parte de trás do carro, pegou sua mochila e a jogou por cima do ombro. Ela passou o crachá e entrou no prédio, por uma entrada dos funcionários. Depois de passar por um longo corredor, atravessou a porta do vestiário designado para as médicas e foi para o armário 39. Abriu a porta e colocou sua pequena bolsa dentro, que continha a carteira e as chaves do carro. Ela pegou o jaleco branco e verificou se o estetoscópio estava no bolso esquerdo da frente do jaleco, onde ele pertencia. Então, pensou melhor e mudou para o direito, onde seria mais acessível. Ela cuidadosamente removeu a tipoia e passou lentamente o braço machucado, com seu imobilizador, pelo buraco.

Enquanto ela lutava com o jaleco, a porta do vestiário se abriu e Danyle "Danny" Klock entrou. Ela era outra residente de cirurgia. Robyn e Danny eram amigas e, ocasionalmente, se encontravam do lado de fora do hospital.

"O que diabos você fez?" Danny perguntou enquanto abria seu armário, quatro para o lado do de Robyn. "Ouvi ontem que você estava fora da rotação cirúrgica por um tempo. Eles não nos disseram o porquê".

Ela não precisava ser conhecida como a cirurgiã que torceu o pulso ao cair sobre o cocô de cachorro, então deixou de fora esses detalhes.

"Isso é péssimo. Espero que não lhe cause muitos problemas com suas rotações. Já tive vários de seus casos designados para mim".

"Sim, essa é a minha preocupação. Não sei quanto tempo vou ficar fora da sala de cirurgia ou o que isso fará com a minha agenda".

"Se bem me lembro, te avisei sobre os riscos de correr".

"Sim, eu sabia que você ia mencionar isso." Robyn terminou de vestir seu jaleco e recolocou a tipoia.

"Me fale se você precisar de alguma coisa. Eu preciso ir até a sala dois. Tenho uma colecistectomia programada em 45 minutos. Te mando uma mensagem mais tarde." Danny pegou sua bolsa e saiu pela porta.

Robyn fechou o armário, colocou, desajeitadamente, a mochila no ombro e saiu alguns minutos depois. Ela entrou no saguão principal e foi aos elevadores que a levariam às unidades pós-cirúrgicas. Quando ela se aproximou, o elevador se abriu e ela seguiu dois homens para dentro. Um deles estava de camiseta e jeans rasgados. O outro era jovem e bem-vestido. Ele estava usando gravata. No começo, ela pensou que ele provavelmente era da capelania, mas depois percebeu que ele não estava usando o cordão roxo que designava esse papel.

Ela olhou para os botões do elevador e viu que o andar dela já estava iluminado. Quando as portas se abriram, o mais bem vestido dos dois homens saiu à sua frente e parou para olhar a tela que exibia um mapa do andar. Quando ela estava prestes a lhe oferecer instruções, parecia que ele descobriu para onde ir e começou a andar. Ela continuou seu caminho, agora à frente dele. Ela sabia que ele a estava seguindo, claramente indo ver alguém no A3. Ela foi para trás da mesa no posto de enfermagem e colocou a mochila em uma cadeira disponível.

"Doutora Robyn, o que aconteceu?" perguntou Sherry Taft, a assistente administrativa designada para esta unidade.

Ela era uma mulher afro-americana grande e agradável. Era sempre amigável e nem um pouco intimidada pela diferença que tinha dos médicos na escada corporativa.

As palavras de Sherry foram altas o suficiente para que várias enfermeiras e outro médico ouvissem, e todos vieram descobrir o que estava acontecendo. Robyn fez uma pausa para eles se reunirem e contou a todos os colegas de trabalho a mesma história modificada que havia contado a Danny no vestiário. Todos ficaram solidários e apoiadores, e Robyn ficou feliz em divulgar as notícias. Quanto mais cedo todos soubessem, mais cedo ela poderia parar de explicar. Depois de algumas conversas adicionais, ela pegou o prontuário de Wayne DeVaul. Ele era um dos casos cirúrgicos dela e deveria voltar para casa em breve. O Sr. DeVaul entrou com um tumor cancerígeno no rim direito e Robyn estava na equipe cirúrgica envolvida na remoção.

Depois de pegar a ficha, ela atravessou o corredor e andou dois quartos até onde estava seu paciente. Foi quando ela notou o cara do elevador. Ele estava saindo do quarto de um paciente. Talvez ele fosse da capelania, afinal.

Wayne DeVaul estava sentado na cama, com a esposa na cadeira ao lado dele.

"Wayne, como você está se sentindo hoje?" Robyn disse.

"Muito melhor. Eles estão me dizendo que eu poderei ir para casa hoje à noite."

"Este é o plano. Vou apenas verificar algumas coisas para garantir que tudo ainda esteja bem."

Ela fez o paciente virar para o lado e pressionou o abdômen e o flanco, logo acima do quadril. Ficou satisfeita por não ter sido doloroso. Então, examinou a incisão cirúrgica e viu que parecia estar se recuperando bem, sem sinais de infecção. O exame era um processo simples que ela vinha fazendo há anos, mas agora ficara bastante complicado usando apenas uma mão. Ela abaixou a camisola do paciente e recuou.

"Você pode virar de volta agora. A incisão está cicatrizando muito bem. O laboratório colheu sangue mais cedo nesta manhã. Se os resultados também estiverem bons, não vejo nenhum motivo para você não poder voltar para casa hoje mais tarde."

"Isso é ótimo", disse sua esposa. "Ele não está dormindo muito aqui. Tenho certeza de que ele descansará melhor em casa."

Robyn assentiu. "Esse é frequentemente o caso. Essa é uma das razões pelas quais queremos que as pessoas tenham alta o mais rápido possível, e hoje parece ser o seu dia."

Quando ela se virou para sair da sala, Wayne disse: "Espero que seu braço não esteja doendo muito".

Robyn percebeu que contaria a história várias vezes. "É apenas uma entorse simples. Poderei usá-lo novamente em uma semana ou duas."

"Ah, que bom. Fico feliz que não seja nada pior do que isso", disse a esposa.

Depois de sair do quarto do paciente, Robyn voltou ao posto de enfermagem, onde se sentou à mesa, fez algumas anotações no prontuário do paciente, e desajeitadamente inseriu instruções no computador com uma mão. Em menos de dez minutos, ela terminou. Ela verificou o computador e viu que seu próximo paciente estava no quarto B3. Jogou a bolsa por cima do ombro e caminhou pelo corredor em direção ao próximo paciente.

Aproximando-se do posto de enfermagem desta unidade, ela viu o mesmo jovem bem-vestido saindo do quarto de outro paciente. Ele seguiu pelo corredor, mais fundo na unidade. Robyn foi ao posto de enfermagem e depositou sua bolsa. Ela estava prestes a procurar o prontuário do paciente, quando se lembrou de algo que havia aprendido em um serviço recente. *Se alguém estiver se comportando de maneira estranha o suficiente para você perceber, isso deve ser relatado.*

Esse cara não estava se comportando estranhamente... ou talvez ele estivesse. Ela não achava que precisava ser denunciado, mas achava que precisava investigar isso sozinha. Provavelmente não seria nada, mas e se fosse algo nefasto e ela não dissesse ou fizesse alguma coisa? Ignorando o prontuário, Robyn seguiu o caminho que ele fizera pelo corredor. Ela espiou três quartos e ele não estava lá.

Começava a entrar no quarto quando ouviu uma voz dizer: "Por favor, não conte a ninguém que eu estive aqui. Quero parar e ver mais pacientes antes que eles me expulsem".

Quando Robyn ouviu isso, todas as peças se encaixaram. Esse cara estava aqui pregando para estranhos ou tentando convertê-los! Ela entrou no quarto e viu o jovem de gravata segurando um panfleto e incentivando o paciente a lê-lo.

"O que você está fazendo aqui? Você não pode incomodar pacientes em seus próprios quartos. Você precisa vir comigo. Precisa conversar com a segurança do hospital!" Robyn podia sentir o latejar em seu pulso aumentando.

"Doutora, você não entende", disse a mulher deitada na cama. "Olhe aqui."

Robyn olhou para onde a paciente estava apontando. Sua perna esquerda estava exposta. Robyn estava prestes a perguntar por que estava olhando para a perna, quando notou que havia grandes almofadas ensanguentadas ao lado da coxa.

"O que estou olhando?"

"Fui atropelada por um carro. Eu tinha síndrome compartimental. Eles tiveram que abrir toda a parte superior da perna para não perder a circulação. Estavam esperando o inchaço diminuir para fechá-la e consertar o joelho".

A paciente levantou a perna e girou-a várias vezes. Parecia saudável e se movia normalmente.

"Quando foi isso?" Robyn perguntou.

"Noite passada."

"Isso não é possível."

"Eu sei. Mas ele me tocou e fechou, e a dor se foi. Eu também tinha uma cicatriz de queimadura aqui no meu braço. Foi de quando eu era criança. Também se foi."

Ela expôs o braço. Não havia nada lá.

Robyn se moveu para o outro lado da cama, para olhar melhor a perna e as almofadas ensanguentadas embaixo dela. O intruso a seguiu, mas Robyn parou e girou em sua direção.

Ela levantou a mão em um sinal claro para parar de se mover, e ordenou: "Você fica lá. Você não deve tocar em nenhum paciente."

Ele terminou o último passo que estava dando e agarrou sua mão estendida. Ela tentou afastá-lo, mas o aperto dele estava firme. Ele esperou apenas um segundo ou dois e depois a soltou.

O jovem sorriu para ela. "Dra. Keller, estarei no corredor quando você estiver pronta para conversar." Ele se virou e saiu do quarto.

Robyn estava confusa. Algo aconteceu, mas ela não tinha certeza do que. E então, a percepção a atingiu – o pulsar constante se fora. Ela olhou para o pulso e depois para a paciente.

O olhar de confusão em seu rosto deve ter sido evidente. A paciente olhou para ela, sorriu e disse. "Seu braço parou de doer, não foi? Eu sei que é impossível, mas ele fez isso comigo também."

Robyn moveu cuidadosamente seu pulso, um pouco de cada vez. Ela soltou a tipoia e removeu o imobilizador. O inchaço se fora. Ela começou a flexionar a mão um pouco mais e depois a torceu para a esquerda e depois para a direita. A dor não voltou. Ela foi até a mesa da bandeja, pegou o panfleto e passou os olhos antes de colocá-lo de volta.

"Você está bem?"

"Nunca estive melhor."

"OK, vou mandar alguém vir e checar você." Robyn saiu da sala.

A paciente, de fato, nunca estivera melhor. Ela trabalhava para uma emissora de TV e muitos de seus colegas a visitaram e puderam testemunhar seus ferimentos. Essa história seria enorme e ela estaria bem no meio dela.

DOZE

Devin estava no corredor, esperando a mulher, em cujo jaleco leu Dra. R. Keller, sair do quarto da paciente. Suas mãos estavam suando. Ele sabia que tudo acabaria por ser revelado, e parecia que agora era a hora. Ele pensou em como precisava ser ousado e confiante, mas não tinha certeza de que conseguiria isso.

Depois de quase um minuto inteiro, ela saiu do quarto, carregando sua tipoia e imobilizador de pulso. A confiança que ela tinha quando entrou pelo quarto se foi. Estava visivelmente confusa e parecia apreensiva.

"Qual o seu nome?" Perguntou a doutora Keller.

"Devin Baker".

"Devin, o que você fez lá?"

Devin sorriu. "Você pode sentir e ver por si mesma. Eu te curei".

"Quantos pacientes você já tocou?"

"Quatro. Além de você".

"Como você fez isso?"

"Eu realmente não sei. Tudo o que faço é tocar as pessoas, e elas são curadas. Agora é tudo o que tenho a dizer. Quero discutir isso com quem estiver no comando".

Robyn assentiu, pensando no pedido. Ela não levaria uma criança para a chefia do hospital com a alegação de que ele poderia curar com um toque, mesmo que seu pulso parecesse bem agora. Além disso, considerando o que ela testemunhou, ela não podia fazer segurança escoltá-lo para fora das instalações.

"Antes de te levar a qualquer lugar, preciso ver isso por mim mesma. Eu não vou parecer maluca, com uma história ultrajante, sobre algo que eu nem vi".

Devin assentiu. "Compreendo. É tudo muito estranho. Até eu ainda estou me sentindo desconfortável com essa coisa toda. Me siga."

Enquanto caminhavam pelo corredor, Robyn se sentiu irritada por esse cara ter assumido o controle da conversa.

Devin a levou para um quarto de paciente vazio.

"Não há ninguém neste quarto", disse ela.

"Eu sei. Deixe-me ver sua mão".

"Por quê?"

"Se você quer provas, me mostre sua mão."

Ela fez o que ele pediu. Devin pegou o pulso dela com a mão direita e girou-a para que a palma da mão ficasse para cima. Ele pegou o dedo indicador esquerdo e tocou a palma da mão. Ao mesmo tempo, ele apertou o punho direito apenas o suficiente para que ela não pudesse mexer o braço. Uma incisão, de cerca de quatro centímetros de comprimento, se abriu na palma da mão e ela tentou se afastar.

"Apenas observe", Devin ordenou.

Ela parou de resistir e olhou com os olhos arregalados quando a abertura na carne começou a desaparecer. Devin soltou seu aperto. Robyn afastou a mão com um olhar de choque e examinou o local, onde momentos atrás a pele estava aberta.

"Convencida?"

Ela assentiu. "Como você fez isso?"

"Honestamente, eu não tenho ideia. Eu gostaria de saber."

Depois de uma breve pausa, Robyn saiu do quarto. "Me siga."

Eles voltaram para os elevadores e ouviram uma comoção perto do posto de enfermagem. Eles não conseguiam entender tudo o que estavam ouvindo, mas tratava-se de um paciente específico e captaram as palavras *milagrosamente curada*. Ao ouvir isso, Devin sorriu. Robyn não.

Enquanto o elevador se movia, Devin pensou sobre essa situação não planejada. Ele só pretendia tentar curar algumas pessoas e ir embora, mas agora, tinha que improvisar. Uma oportunidade se desenvolveu, e ele decidiu tentar fazer algo disso. Ele sabia que isso teria que acontecer em algum momento, mas seu plano era que as coisas mudassem um pouco mais devagar.

"Devin, por que você está aqui? Você está apenas tentando curar algumas pessoas, ou há mais nisso?"

"Essa coisa toda de cura é nova para mim. Estou tentando entender."

Quando as portas se abriram, a Dra. Keller olhou para Devin. "Eu não vou estragar meu status neste hospital. Você fica quieto e me deixa falar primeiro".

Ela olhou para o homem que havia curado seu pulso e pensou que já era tarde demais para isso. Haveria muitas conversas sobre o que ele havia feito aqui hoje, e ela tropeçou no meio disso. Então, considerou seu pulso e de quanta inconveniência Devin a salvara, e sentiu sua frustração com a situação diminuir.

Eles entraram na grande área de escritórios do Diretor do Hospital, Dr. Stephen Collins. Sua assistente administrativa não estava na mesa, então Robyn entrou no escritório do diretor.

Ela olhou para Devin e disse: "Espere aqui." Então, fechou a porta na cara dele.

Devin ficou inicialmente chocado, mas depois começou a entender. Ela estava presa em uma posição embaraçosa e precisava se proteger. Apresentá-lo ao homem que provavelmente era o chefe dela, ou chefe do chefe, poderia ser um risco significativo para ela profissionalmente, se ele descobrisse que Devin não era tão especial quanto ela pensava. Ele se certificaria de não dizer nada que lhe causasse constrangimento.

Depois de apenas alguns minutos, a porta se abriu e Robyn acenou para ele entrar. "Devin, este é o Doutor Collins. Você queria conversar com alguém encarregado, e este é ele".

Devin caminhou até o diretor e estendeu a mão direita. "Prazer em conhecê-lo, senhor. Eu sou Devin Baker."

O Dr. Collins pegou a mão oferecida e imediatamente sentiu uma sensação que não conseguiu identificar. Sentindo algo também, Devin arregalou os olhos, imaginando o que acabara de curar. Nenhum dos homens sabia que a úlcera péptica, que causava desconforto frequente no estômago do médico, nunca mais seria um problema.

"Devin, a Doutora Keller aqui está dizendo coisas improváveis sobre você. Ela me fez ligar para o 3B e eles também estão dizendo coisas que não fazem muito sentido".

"Eu entendo isso, senhor. Por favor, saiba que a Doutora Keller acabou por cair nisso. Sua primeira preocupação foi que nenhum paciente foi ferido, e então ela teve que tomar uma decisão difícil sobre o que fazer comigo."

"Obrigado, Devin", disse o diretor. "Ela diz que você pode me convencer quanto à legitimidade de suas reivindicações."

Devin girou o próprio antebraço direito e a superfície anterior ficou voltada para cima. Ele então pegou o dedo indicador esquerdo e traçou uma linha na metade do cotovelo até o pulso. Ao fazê-lo, a pele e os músculos se abriram.

"O que você...?"

"Apenas observe", disse Robyn Keller, respondendo antes de Devin.

Quando a ferida começou a fechar, o Dr. Collins avançou, estudando o processo. Devin podia ver a boca do médico aberta de espanto enquanto observava.

De olhos arregalados, ele olhou para Devin. "Isso é incrível! Como você faz isso?"

Devin sorriu com a pergunta simples: "Honestamente, eu não tenho ideia."

"E você pode fazer isso com outras pessoas também? Não só você?"

"Sim, eu demonstrei isso a Doutora Keller."

O Diretor Collins olhou para a residente de cirurgia e ela assentiu. "Ele fez a mesma coisa, mas na minha mão."

"Isso é algo que você sempre conseguiu fazer?"

"Doutor Collins, que tal nos sentarmos e eu contar a história toda?"

O diretor dispensou Robyn para voltar às suas

funções, pedindo que ela não discutisse o que havia acontecido. Então Devin e o Dr. Collins sentaram-se e, por quinze minutos, Devin deu uma explicação detalhada do que ele estava passando. Enquanto eles falavam, o diretor retirou os registros hospitalares da admissão de Devin, de cinco anos antes, e leu sobre o incidente que ocorreu no início de sua fantástica história.

"Devin, isso é fascinante. Acho que minha primeira pergunta é: por que você está aqui? O que você estava tentando obter de sua visita hoje?"

"A resposta honesta é que estou experimentando. Acredito que este é um dom de Deus, mas ainda não entendo completamente o que posso fazer. Posso corrigir lesões cerebrais ou da coluna vertebral? E as desfigurações de anos atrás? O que acontece se eu tocar em alguém que teve uma perna amputada? Duvido que volte a crescer, mas o que vai acontecer? Vi recentemente um cachorro que foi atropelado por um carro e teve uma lesão na perna. Parei e o toquei, mas nada aconteceu. Preciso entender essas habilidades e espero que você me ajude. Preciso saber o que posso fazer para pensar em um plano de longo prazo sobre o que fazer com essa capacidade."

Devin respirou fundo. Ele sentiu como se estivesse falando rápido demais e esperava que o diretor do hospital estivesse disposto a ajudar.

TREZE

Kevin McDonald levou o Ford Edge 2019 azul da família para fora do estacionamento do aeroporto. Ele estava exausto e ficaria feliz em chegar em casa. Olhou para sua esposa, Carla, e sabia que ela se sentia da mesma maneira. Tinha sido um longo dia. O voo da American Airlines deveria ter chegado quatro horas atrás, mas houve um problema mecânico e agora passava da meia-noite. O filho de quatro anos de idade, Cooper, se comportou bem com tudo isso e adormeceu alguns minutos depois de ser colocado em seu assento.

Cooper não estaria feliz de manhã. Eles disseram a ele que, quando acordasse de manhã, Domino, o pastor alemão preto e marrom de 110 quilos, estaria em casa com ele. Cooper e Domino eram inseparáveis, e a ausência de seu melhor amigo havia sido dura para o filho na semana passada. Como agora era tão tarde, não era possível pegar o Domino no canil como planejado.

Carla estava inicialmente preocupada em ter um cachorro tão grande perto de uma criança pequena, mas desde o dia em que trouxeram Cooper para casa do hospital, Domino o adotou como seu e era incrivelmente gentil com o menino.

Essas férias em família não eram algo que eles haviam planejado. Kevin trabalhava como detetive no Departamento do Xerife do condado e foi designado para a divisão de narcóticos. Ele foi o detetive principal em uma investigação de dois anos, que acabou prendendo mais de vinte membros de gangues e confiscando quase 30 milhões de dólares em heroína e fentanil. As prisões aconteceram cerca de nove meses atrás. Há pouco mais de uma semana, o julgamento do líder da gangue terminou e o júri decidiu que ele passaria o resto da vida na prisão.

Após a sentença, houve várias ameaças de violência contra o Detetive Kevin McDonald, que havia enfrentado as câmeras após as prisões. Algumas das ameaças foram de membros de gangues com passados perigosos, e os superiores de Kevin recomendaram que ele tirasse férias remuneradas por uma semana e deixasse a raiva contra ele diminuir.

Eles decidiram viajar para Dallas e visitar a família de Carla. Fazia quase dois anos desde que eles os visitaram, ela sentia falta deles e queria mostrar o quanto Cooper havia crescido. A viagem tinha corrido bem e as férias foram tranquilas e divertidas para toda a família. Durante a ausência de Kevin, o Departamento do Xerife não ouviu mais ameaças e as coisas pareciam ter voltado ao normal.

"Como você está? Muito cansado?" Carla disse ao marido, depois que eles estavam dirigindo por vinte minutos.

"Não estou ruim. Será bom chegar em casa e dormir em nossa própria cama hoje à noite".

"Verdade. Mas foi bom ir visitar. Eu estava sentindo falta de todos eles, especialmente dos meus pais. Eu sei que eles gostaram de ver Cooper".

"Foi uma boa semana, e Coop se saiu muito bem com as viagens, as mudanças de horário e a interrupção da rotina. Eu estou realmente orgulhoso dele".

Carla perguntou ao marido: "Você acha que as coisas se acalmaram por aqui?"

"Eu certamente espero que sim. Só quero que as coisas voltem ao normal".

Eles continuaram em silêncio por alguns minutos e pararam no sinal vermelho. Enquanto esperavam, Kevin percebeu o som e o movimento do lado esquerdo. Ele olhou por cima e viu uma motocicleta estacionando ao lado dele. A moto tinha um design discreto e elegante, e foi projetada para oferecer velocidade. Havia duas pessoas na moto, ambas cobertas de couro. Um homem alto e magro dirigia e uma mulher de estatura mediana estava sentada nas costas, com o rosto parcialmente obscurecido por bandanas.

Assim que a moto parou, os dois sacaram revólveres. Kevin girou em seu assento e agarrou Carla pela frente do casaco dela, e enquanto lutava com os dois cintos de segurança, fez o possível para forçá-la ao chão e deitar-se sobre ela. Os tiros eram extremamente altos, mas ele ainda podia ouvir e sentir todo o vidro quebrando, e uma bala roçou seu ombro direito exposto.

O ataque durou apenas alguns segundos e, em seguida, ele ouviu o motor da moto rugir quando ela se afastou. Kevin levantou-se, soltou o cinto de segurança e parou o Edge. Ignorando a dor no ombro, ele puxou a arma de folga do coldre escondido sob o painel e abriu a porta. Ele disparou quatro tiros na moto em fuga. A primeira das balas de calibre .40

atingiu o quadro. O segundo e o terceiro entraram nas costas da mulher, passaram por ela e entraram no motorista. A quarta só atingiu o motorista porque a mulher caiu. Kevin levantou-se de sua posição agachada, observando a motocicleta tombar e cair na estrada. Nenhum dos ocupantes se moveu de onde aterrissou.

Depois de voltar para o carro, Kevin viu Carla ainda caída, sustentada pelo cinto de segurança. Duas manchas vermelhas brilhantes eram visíveis no lado esquerdo do peito. Ela estava viva e lutando para respirar. Kevin olhou no banco de trás para Cooper, que estava gritando. A cabeça e os braços estavam cobertos com pequenos cortes de vidro que havia voado, mas fora isso ele parecia não estar machucado.

Kevin se jogou ao volante, ignorando os cacos de vidro de segurança que o machucavam e a dor no ombro. Ele fechou a porta, engatou o carro e pisou no acelerador.

"Espere!" ele disse à esposa quando o carro acelerou rapidamente, sem saber se ela podia ouvi-lo. "O hospital fica a apenas três quilômetros daqui."

Um minuto e meio depois, eles pararam na entrada de emergência. Kevin pulou do carro e correu para dentro do prédio, gritando por socorro.

CATORZE

Devin sentou-se e tentou relaxar, mas isso era impossível. Olhando para o velocímetro, ele viu um pouco mais de 160 km/h. Ele tentou pensar no que estava prestes a fazer, mas o som constante da sirene não o deixava se concentrar. Parte de seu problema era que apenas quatro minutos antes, ele estava dormindo profundamente.

As últimas duas semanas foram um turbilhão de atividades para ele. O North East Regional Hospital era um dos 27 hospitais pertencentes a uma empresa controladora. Por causa disso, eles podiam compartilhar recursos e pessoal. Isso reduzia os custos e permitia a assistência mais especializada disponível em hospitais menores. A interação entre os hospitais também trouxe Devin, e sua incrível capacidade, à atenção de muitas pessoas. Desde a primeira reunião com o Diretor Collins, há duas semanas, ele havia visitado mais de uma dúzia de hospitais e instalações de reabilitação. Durante esse período, ele teve quatro voos de helicóptero e dois de ida e volta em jatos particulares. Ele pensou que poderia se acostumar com essa emoção.

Infelizmente, enquanto as refeições e o alojamento dele eram todos pagos, eles não estavam pagando pelo tempo dele.

Ele deixou claro o que queria experimentar e eles também tinham outras ideias. Os resultados surpreenderam a todos. Ele tocou perto de cem pessoas. Viu pessoas paralisadas caminharem e pacientes traumatizados, à beira da morte, se sentarem e conversarem. Um homem que estava em coma há cinco anos, abriu os olhos e falou.

Devin também participou de muitas reuniões nas quais discutiram suas habilidades e como melhor utilizá-las. Todas essas conversas sempre voltaram ao impacto que os talentos de Devin teriam na receita do hospital. A princípio, Devin ficou surpreso que isso fosse uma preocupação tão significativa. Então, um dos administradores do hospital sentou-se com ele e explicou quanto dano financeiro sua capacidade poderia ter.

"Eles me disseram que isso é sobre a esposa de outro policial. Isso é verdade?"

A atenção de Devin voltou ao presente. Ele olhou para a policial de aparência severa, que dirigia. Ela parecia ter quase a sua idade, vinte e poucos anos.

Ele pensou na pergunta dela e tentou se lembrar. Estava dormindo quando ouviu o celular tocar. Ele procurou no escuro e atendeu, notando que era um pouco depois da uma da manhã. A pessoa do outro lado se apresentou, mas Devin não se lembrava do nome. Ele pensou que eles diziam que eram médicos no Yankee Medical Center. Disseram algo sobre uma mulher envolvida em um tiroteio e não acreditavam que ela sobreviveria à cirurgia. Disseram-lhe que ele deveria se vestir rápido e que sua carona o levaria a um helicóptero do Life Flight. Ele se atrapalhou para se vestir, ainda processando o que estava acontecendo. Enquanto descia as escadas, podia ouvir as sirenes se aproximando. Ele gritou para seus pais que ele tinha que sair para uma emergência. Saiu correndo de casa quando o carro da polícia parou na rua. Suas luzes vermelhas e azuis refletiam as casas do vizinho no escuro. Ele pulou no banco do passageiro da frente e o carro se afastou do meio-fio antes de sua porta se fechar completamente.

"Eu estava dormindo profundamente quando me ligaram", disse Devin. "Tudo o que me lembro é que uma mulher foi baleada."

"O que você é? Algum tipo de médico especial?"

"Algo assim", disse Devin, não querendo ter que explicar mais.

O carro contornou uma curva na estrada e à frente estava o parque local. As luzes do helicóptero de pouso iluminavam o estacionamento.

Assim que o carro parou, Devin gritou: "Obrigado pela carona", quando ele pulou pela porta e correu em direção à aeronave.

Ele fez questão de se aproximar da frente do helicóptero, mantendo-se afastado do rotor mortal da cauda com o qual nem ele sobreviveria ao contato.

Uma mão saiu pela porta lateral. Devin pegou e alguém o puxou para dentro. A porta se fechou e uma figura de capacete o levou a um assento, onde ajudou Devin a ser afivelado. Uma vez que a fivela se fechou, a aeronave levantou voo. O assento era pequeno e desconfortável, depois de desdobrado da parede do helicóptero. Logo, ele sentiu que estavam voando e o movimento para frente aumentando. A iluminação no compartimento apertado era mínima e alguém entregou a Devin um fone de ouvido, com o qual ele se atrapalhou por um minuto antes de colocá-lo corretamente.

"Devin, você pode me ouvir?" uma voz masculina disse, através do fone de ouvido.

"Sim, eu posso te ouvir."

"Ok. Meu nome é Tommy. Eu sou um dos médicos do voo. Meu parceiro é Duane. Temos um voo de quinze a vinte minutos".

"Existe alguma maneira de obter uma atualização sobre a pessoa ferida?"

"Vou ver se consigo obter alguma informação", disse o médico.

Tommy ajustou algo no console do rádio e depois falou novamente, mas Devin não conseguiu ouvir o que foi dito.

Depois de alguns minutos, o fone de ouvido de Devin voltou a falar e ele ouviu Tommy dizer: "Devin, tenho o Yankee Medical Center em linha. Eles podem ouvir você".

"Olá?" Devin disse timidamente.

"Devin, aqui é o Doutor Philameni. Nós conversamos ao telefone".

"Sim, doutor, eu lembro. Eu estava dormindo quando você ligou e não tenho certeza se peguei tudo. Você pode me atualizar?"

"Certamente. Paciente do sexo feminino, 29 anos, com dois ferimentos a bala no tórax lateral esquerdo. Ela está extremamente instável. Ela morrerá sem cuidados imediatos, e o cirurgião de trauma acha que provavelmente há muito dano para ela sobreviver à cirurgia. O cirurgião conheceu você na semana passada e foi ele que insistiu que tentássemos trazê-lo aqui. Ele temia que, se a abrisse, haveria tanta perda de sangue que a equipe deles não seria capaz de lidar com todo o dano a tempo. Como você está a caminho, ele está tentando atrasar a cirurgia dela, mas está preparado se ela falhar. Esta é realmente uma situação em que cada segundo importa".

"Compreendo. Estarei lá o mais rápido possível. Por favor, verifique se há alguém lá para me levar até ela."

"Eles já estão no telhado, esperando."

Devin devolveu o aparelho de rádio a Tommy e recostou-se. Ele pensou em Britany e em como ele estava apenas alguns segundos atrasado. Sentiu um terror frio, sabendo que isso poderia acontecer novamente.

Minutos depois, ele sentiu o helicóptero tocar o chão, saltou da cadeira e puxou a alavanca que mantinha a porta fechada. Ele pulou e correu pelo telhado em direção à porta e ao elevador mais além, onde alguém vestido com uniforme de hospital esperava por ele. O elevador parecia estar mal se movendo enquanto descia lentamente.

Quando as portas finalmente se abriram, Devin e seu guia correram pelo corredor. Eles fizeram uma curva à direita e viram outra pessoa, vestida da mesma forma, esperando na entrada da sala de operações. Ela segurava uma máscara cirúrgica azul na mão.

"Coloque isso e depois passe por aquela porta."

Devin obedeceu, embora não tivesse certeza do objetivo da máscara. Eles já aprenderam que ele poderia curar infecções.

Ele empurrou a porta e entrou na sala de escovação, onde todos os aventais, gorros e capas de sapatos estéreis estavam alinhados nas prateleiras dentro das caixas. Ele passou por várias pias grandes e abriu as portas da sala de cirurgia e continuou em direção aos pés da mulher na mesa de operações. Ele ouviu o que a equipe cirúrgica estava dizendo e ficou chocado com os sons de pânico enquanto tentavam freneticamente salvar a paciente. Esses profissionais qualificados estavam claramente travando uma batalha perdida e eles sabiam disso.

"Ela está perdendo muito sangue!"

"O pulso dela está nos quarenta e caindo!"

"Isso não está funcionando."

"Quem está no comando aqui?" Devin disse.

Todo mundo olhou para ele, e um falou por trás de sua máscara cirúrgica. "Devin, sou o Doutor Mills. Nos conhecemos semana passada".

Devin reconheceu a voz, e um rosto veio à sua mente. Eles se sentaram e conversaram por um tempo na semana passada e depois fizeram alguns testes juntos. Ele gostava do Dr. Mills e gostou de trabalhar com ele.

"Quando eu a tocar, tudo vai fechar", disse Devin. "Você precisa tirar tudo dela primeiro."

Enquanto trabalhava freneticamente no peito da mulher, o cirurgião respondeu: "Não podemos. Ela vai sangrar até a morte antes de tirar tudo. Você pode fazer sua coisa em pequenos incrementos?"

"Vou tentar, mas nunca fiz isso antes", explicou Devin.

Devin usou o dedo indicador e tocou na perna da mulher. Então, esperou alguns segundos e repetiu a ação. A cada toque, Devin sentia uma sensação familiar.

"Alguma coisa está acontecendo?" ele perguntou.

"O sangramento está parando. Eu vejo as coisas se

movendo aqui!" disse o cirurgião. "As feridas estão curando. Continue fazendo do jeito que está".

Devin tocou devagar e, gradualmente, todas as esponjas, pinças e outras coisas que Devin não conseguia identificar foram removidas da cavidade torácica aberta.

Depois de alguns minutos, o Dr. Mills disse: "Tudo bem, Devin. Estamos todos fora. Termine com ela".

Devin parou de tocar e agarrou a perna da mulher, e em dez segundos estava tudo acabado.

O Dr. Mills removeu sua máscara cirúrgica, sorriu e agradeceu a Devin. O restante da equipe da sala de cirurgia ficou espantado com o que acabara de testemunhar.

Devin respirou fundo. Ele se sentiu aliviado, mas também um pouco amargo. Para essa estranha, ele chegara bem a tempo. Mas para Britany, ele falhou.

QUINZE

Certa manhã, algumas semanas depois, Devin estava acordado em sua cama, pensando em tudo o que havia aprendido. Recentemente, ele havia completado todas as experiências com o grupo hospitalar, e tinha uma ideia clara do que poderia e não poderia fazer para curar as pessoas. Os resultados dos testes indicaram que a viabilidade do tecido lesionado era o fator mais crítico. Se os músculos, nervos ou ossos, ainda estivessem vivos, ele poderia fazer coisas incríveis acontecerem. Se as células dentro dos tecidos já tivessem morrido, não havia nada que ele pudesse fazer.

Ele havia testado em um paciente que sofreu morte cerebral após um afogamento. Nada aconteceu com seu toque. Outro paciente que sofreu algum dano cerebral menor, após uma queda alta, recuperou quase todas as funcionalidades.

Agora, parecia que seu trabalho com o grupo hospitalar poderia estar chegando ao fim. A princípio, houve muita empolgação com a cura de Carla McDonald. Alguns médicos estavam planejando como utilizá-lo regularmente. Então, o conselho, que supervisionava os 27 hospitais, começou a questionar as implicações legais e o impacto financeiro do uso das habilidades de Devin. E a próxima coisa que ele soube foi que todas as portas, anteriormente abertas, foram fechadas.

Isso era de preocupação mínima para Devin. Ele conseguiu quase tudo o que queria e nunca imaginou trabalhar em um hospital formalmente. Ele agora tem uma compreensão exata do que era capaz de fazer. Mesmo com uma compreensão clara de suas capacidades, ele ainda lutava com a melhor maneira de usar esse dom. O problema era que não havia como avançar sem que sua capacidade se tornasse de conhecimento público. A última coisa que ele queria era que estranhos ficassem acampados em seu gramado, implorando para serem tocados. Não podia fazer isso com seus pais.

Ao pensar nisso isso, ouviu Chief, o jovem labrador preto da família, começar a latir. Então Devin ouviu alguém abrir a porta da frente.

Segundos depois, ele ouviu: "Devin! Por favor desça. Tem alguém aqui para você".

Relutantemente, Devin se levantou e se vestiu antes de descer as escadas. Ao se aproximar do andar principal, seu pai, Randall Baker, olhou para ele.

"Parece que aconteceu um pouco mais cedo do que esperávamos. Há uma equipe de notícias aí".

"Mesmo? Eu pensei que teríamos um pouco mais de tempo."

"Eu sei", disse o pai. "O que você quer que eu faça?"

"Eu vou lidar com isso. Você não precisa ser pego por uma câmera."

Seu pai assentiu e, quando ele se retirou para o

outro cômodo, Devin abriu uma fresta da porta de madeira maciça para poder ver. A primeira pessoa que viu foi uma mulher que parecia familiar, mas não conseguiu lembrar onde a tinha visto. Ela estava vestida com uma saia, blusa e saltos. Ao lado dela estava um homem de camisa e gravata. Ele segurava um microfone e Devin sabia que já o vira no noticiário antes. De pé atrás dele, havia uma mulher vestida mais casualmente, segurando uma câmera de vídeo.

Devin abriu a porta um pouco mais, tornando-se visível para os três. Assim que ele fez, o homem com o microfone deu um passo à frente.

"Senhor Baker? Eu sou Al Bixton, da TV16. Ouvimos sobre o que você pode fazer e gostaríamos de entrevistá-lo. Esta é uma história incrível e nossos telespectadores gostariam de saber mais."

Devin percebeu pela luz vermelha na frente da câmera que eles estavam gravando.

"Senhor Bixton, não tenho ideia do que você está falando. Por favor, saia."

Devin começou a fechar a porta, quando o repórter disse: "Sr. Baker, você nega dar este panfleto a minha colega aqui, quando você a curou milagrosamente no mês passado?"

Devin parou e olhou para o repórter e a mulher ao lado dele. Ela segurava um dos folhetos que ele distribuíra no hospital. Então, ele lembrou por que a conhecia. Ela era a mulher com a lesão na perna. Um carro a atingiu e sua perna foi gravemente danificada. De fato, ela era a mulher que ele estava ajudando quando a residente de cirurgia, Dra. Keller, o flagrou.

Inesperadamente, Devin se viu improvisando novamente. Ele apontou para a mulher que havia curado. "Você, dentro da casa! Vocês outros dois não vão entrar".

"Senhor Baker, gostaríamos de falar com você por um minuto para que possamos relatar essa história incrível", disse Al Bixton.

"Ela entra agora e sozinha, ou eu fecho a porta e não falo com nenhum de vocês."

"Ela pode levar um gravador?" disse a mulher segurando a câmera.

"Absolutamente não!"

O trio de intrusos começou a sussurrar entre si.

"A porta se fecha e tranca em quatro segundos. 4... 3... 2..."

"OK. Só eu, sem gravação".

A mulher deu um passo à frente e Devin manteve a porta aberta para ela.

Quando ela entrou, ele olhou para os demais. "Vocês dois não têm permissão para estar na propriedade e certamente não podem tentar olhar nas minhas janelas com essa câmera". Ele bateu a porta e a trancou. Com uma voz ameaçadora, ele disse: "Me dê seu telefone agora."

"Meu telefone? Por quê?"

"Agora!"

"Está bem, está bem. Aqui está." Ela entregou a ele, e ele colocou na mesinha ao lado da porta.

Ele não se arriscaria a uma tentativa de gravar a conversa.

"Me siga". Devin a levou para a sala de jantar, porque a sala de estar tinha grandes janelas, pelas quais alguém poderia facilmente gravar um vídeo. Ele fechou as cortinas, certificando-se de que tivessem privacidade. "Sente-se."

Ela estava sentada em uma cadeira de madeira com as costas retas.

"Qual é o seu nome?" Devin disse.

"Candice Adams", ela respondeu, com um tremor na voz.

Ela podia ver que Devin estava furioso e não tinha experiência em lidar com situações como essa.

Devin levantou a mão esquerda, a palma da mão na direção do rosto dela. A palma da mão se abriu, fazendo com que Candice ofegasse em choque. Quando a mão voltou ao normal, Devin pegou o dedo indicador e colocou a ponta firmemente na testa dela. Os olhos de Candice se arregalaram de medo, sem saber o que ele poderia fazer.

"Diga-me agora, você tem algum dispositivo de gravação?"

"Não, senhor. Eu não. Eu juro."

Devin removeu o dedo. "Bom." Ele deu a volta na mesa e sentou-se em frente a ela. "Então, Candice, parece que foi um erro da minha parte ajudá-la."

"Não, não foi. Estou muito agradecida. Se não fosse por você, eu ainda estaria no hospital e teria mais cirurgias agendadas."

"Então você está grata e, para mostrar isso, invade a privacidade da minha casa? Se você divulgar uma história sobre mim, haverá dezenas de outros repórteres aqui, na casa dos meus pais, e centenas de pessoas aparecendo a qualquer hora, querendo que eu as toque. Você pensou nisso?"

"Eu realmente não tinha pensado nisso. Isso não é algo que eu faço. Quando contei o que você fez, eles ficaram empolgados com a história". Candice inclinou a cabeça em direção ao jardim da frente.

Devin olhou para ela, confuso. "Eu pensei que você fosse repórter."

Candice balançou a cabeça. "Não. Eu trabalho na TV16, mas no departamento de TI. Sou administradora de banco de dados. Depois do acidente, vários colegas de trabalho vieram me ver no hospital. Eles sabiam que eu estava gravemente ferida. No dia seguinte, apareci no trabalho, totalmente curada e com uma história incrível. Não havia como mantê-los quietos".

Devin pensou no que ela havia dito e não tinha certeza do quanto isso mudava as coisas, se é que realmente mudavam.

Numa voz, sem todo o veneno que ele tinha anteriormente, disse: "Veja, Candice, assim que uma história sobre eu sair, terei que sair da casa dos meus pais e encontrar um lugar para ficar, secreto ou com muita segurança, para manter todos afastados. Eu não vou viver com um fluxo constante de pessoas me seguindo, querendo que eu as cure."

"Ok. Mas mais cedo ou mais tarde, isso será divulgado. A única maneira de mantê-lo em segredo é nunca mais usar sua capacidade".

Devin assentiu. "Eu sei. Mas preciso de tempo para colocar algumas coisas no lugar. Coisas como uma nova residência e descobrir como vou me locomover discretamente."

"Isso faz sentido. Mas em algum momento, você acabará se tornando público. Correto?"

"Certo. Acho que não há muito o que fazer, tanto quanto aprender meus limites. O próximo passo é começar a usá-los."

"E se você fosse parceiro da TV16?"

"O que você quer dizer?"

"Concordamos em recuar e deixá-lo em paz até que você esteja pronto. Você concorda em não conversar com nenhuma outra mídia até estar pronto para trabalhar conosco. Em seguida, juntos, organizamos um evento em que você cura várias pessoas, gravamos o evento e o entrevistamos. Dessa forma, você saberá com quem está lidando e terá mais controle sobre como seus talentos serão revelados."

"Sua emissora concordaria com isso?"

Candice sorriu. "Sou amiga do gerente de produção. Eu sei como eles pensam. Tenho certeza de que eles vão adorar. Para nós, teremos a história exclusiva sem ter que nos esconder e você nos odiar. Eu realmente não posso falar pela emissora, mas tenho certeza de que eles vão fazer isso."

DEZESSEIS

SEIS SEMANAS DEPOIS

Devin saiu do carro carregando uma mochila pequena. A TV16 havia fornecido um veículo, um motorista e um oficial de segurança à paisana.

"Volto em algumas horas", disse ele aos homens.

"Sim, senhor Baker", disse o motorista. "Estaremos aqui para levá-lo de volta ao apartamento."

A parceria que ele fez com a TV16 provou ser mais valiosa do que ele esperava. Não apenas o colocaram em uma moradia temporária que incluía segurança. Eles também estavam ajudando-o a encontrar uma residência mais permanente. Ele precisava de um lugar para morar reservado, com segurança. A maioria das casas assim tinha longas listas de espera.

Devin estava tendo uma manhã emocionante. Ele acabara de chegar da estação de TV, onde gravou uma entrevista para transmissão no final da noite. Ele revisou e aprovou todas as perguntas com antecedência. Sua maior preocupação era que eles saíssem do roteiro e tentassem investigar áreas que ele ainda não estava pronto para divulgar. Felizmente, eles mantiveram sua palavra e permaneceram com as perguntas planejadas. Agora, ele estava entrando em um belo hotel, em um lindo dia de fim de verão, onde eles teriam, o que estavam chamando, seu Evento de Revelação.

Devin entrou no espaçoso saguão e viu Candice Adams esperando por ele. A emissora a retirara de suas tarefas habituais e a designara como representante oficial da emissora para Devin. Durante as últimas semanas, eles se tornaram bons amigos. Embora não houvesse nada romântico entre eles, trabalhavam bem juntos e Devin passou a confiar nela.

"Ei, Devin. Temos tudo configurado. As pessoas estão começando a chegar".

"Parece bom. Aonde vamos?"

"Me siga. Eu tenho uma pequena sala para esperarmos enquanto todo mundo ainda está chegando".

Ela levou Devin a uma pequena sala de conferências, adjacente à grande sala de reuniões. Devin espiou a sala maior e viu muitas pessoas sentadas, incluindo seus pais, que estavam sentados nos fundos. Eles insistiram em testemunhar o evento. A emissora de TV concordou e Candice brincou, dizendo que só lhes cobrariam pela metade do preço.

"Quantas pessoas vocês convidaram?" Devin disse. "Combinamos cento e cinquenta. Parece que há muito mais do que isso lá agora".

"Bem, a notícia saiu e tivemos mais algumas perguntas depois que fizemos as exibições. Na verdade, existem cento e sessenta e quatro. Além disso, dissemos a cada um deles que eles poderiam trazer alguém com eles, se quisessem."

Devin assentiu. "Cento e sessenta e quatro, e todos estão pagando duzentos dólares?"

"Sim, esse é o negócio, e você recebe metade. A

emissora fica com a outra metade, mas cobrimos todas as despesas". Ela confirmou.

Devin assentiu. Ele sairia daqui com mais de 16.000 dólares. Mobiliar a casa segura que a emissora estava ajudando a encontrar não seria problema se ele pudesse fazer isso algumas vezes.

Candice montou uma equipe, cujo trabalho era encontrar 150 bons candidatos para ver Devin na inauguração. Devin havia fornecido critérios específicos sobre as condições que ele poderia curar. Ele estava nervoso o suficiente esta noite e não queria que nada acontecesse para que ele não pudesse curar com sucesso.

Devin sentou-se e aceitou a garrafa de água oferecida, mas rejeitou os salgadinhos.

"Devin, você se importa se eu fizer uma pergunta?" Candice disse.

"Claro que não."

"Toda vez que te vejo, você veste camisas de manga longa. Já fez quase trinta graus na semana passada, e ainda as mangas compridas. Isso é por causa da sua capacidade?"

"Sim, quando eu estava trabalhando com as diferentes equipes do hospital, tive alguns incidentes em que alguém me tocou. Uma vez em uma sala lotada e duas vezes em um elevador. Nas três vezes, senti a sensação de ter feito algo a eles. Dois deles reagiram, claramente cientes de que algo aconteceu. Eu não sei o que curei. Talvez apenas uma cicatriz antiga, mas decidi que queria controlar com quem estava entrando em contato. Então, comecei a usar mangas compridas. Também tento evitar apertar as mãos ou qualquer outro contato casual".

Após cerca de quinze minutos, Candice recebeu

uma mensagem de texto dizendo que todos estavam sentados e prontos para começar.

"Ok. Você está pronto," disse Candice.

Devin abriu a mochila e pegou um grande pacote de folhetos que estivera distribuindo no hospital. Alguém da emissora os daria para cada pessoa que saísse da sala.

Candice e Devin saíram e foram para a sala de reuniões, onde Devin caminhou até a frente. Havia luzes temporárias instaladas e câmeras de TV para captar as curas de todos os ângulos. Alguém da estação entregou-lhe um pequeno microfone, que ele prendeu no colarinho. Ele recebeu um aceno de um membro da equipe de som.

"Olá, meu nome é Devin. Quero me desculpar se pareço um pouco nervoso. É a primeira vez que faço isso publicamente. Recebi um dom de Deus – a capacidade de curar. Eu sei que parece loucura, mas em apenas um minuto, vocês verão como é real. Quando vocês saírem da sala, alguém lhe entregará um panfleto. Peço que você pegue um e passe algum tempo lendo nos próximos dias". Devin olhou para Candice e assentiu.

Ela também tinha um microfone. "Todos no grupo um fiquem de pé e se alinhem aqui."

Assim que as dez primeiras pessoas entraram na fila, alguém as levou para a frente e Candice pegou a folha de papel que cada uma delas segurava.

Ela olhou para os papéis. "Devin, esse primeiro homem é Jim. Ele é bombeiro aposentado. Ele inalou fogo enquanto estava em um atendimento. Seus pulmões estão gravemente danificados e ele também tem algumas queimaduras faciais".

O homem, que parecia ter cinquenta e poucos

anos, subiu hesitante e sorriu nervosamente. Devin podia ver as cicatrizes de queimaduras no rosto do homem, que também usava oxigênio por causa dos danos nos pulmões. Ele carregava um pequeno tanque de oxigênio na mão esquerda.

"Jim, por favor, encare a plateia", disse Devin. Assim que ele se virou, Devin tocou seu braço exposto.

Os membros da plateia nas filas da frente, que estavam perto o suficiente para ver as cicatrizes de queimaduras desaparecerem, ofegaram. Com os olhos arregalados, Jim removeu o tubo de oxigênio do nariz e respirou fundo duas vezes. Então, as lágrimas começaram a fluir, e ele abraçou Devin.

"Obrigado. Muito obrigado!"

Quando Jim o soltou, Devin ouviu Candice dizer: "Em seguida temos Kate. Ela foi atropelada por um carro anos atrás e ficou gravemente ferida. Ela está nesta cadeira de rodas por causa da forte dor nas costas que sente quando caminha. Isso acontece porque muitas vértebras foram quebradas no acidente."

Devin olhou para a garota bonita, que parecia ter vinte e poucos anos e parecia assustada.

"Você está pronta para sair dessa cadeira?"

Ela assentiu timidamente.

Devin estendeu a mão e ela a pegou. Ele não a ajudou imediatamente, mas esperou que uma sensação familiar passasse. Até então, ele já podia ver o prazer no rosto de Kate e a ajudou a se levantar. Ela girou lentamente, virou-se, inclinou-se para a frente e tocou as panturrilhas, depois se levantou e deu a Devin o segundo de muitos abraços que ele receberia naquele dia.

PARTE DOIS

DEZESSETE

ANO 2106

A MANHÃ COMEÇOU COMO QUALQUER OUTRA para o Dr. Matthew Becker. Ele acordou, tomou banho e se preparou para o trabalho. Abraçou e se despediu de seus dois filhos adolescentes e os viu sair para pegar o ônibus para a escola. Seu filho, Ralph, tinha quatorze anos e sua filha Deb, dezesseis. Em alguns minutos, ele viu o ônibus totalmente automatizado parar na frente. Com um sinal do computador de navegação, a porta se abriu para permitir a entrada dos alunos. Enquanto Matthew observava o ônibus se afastar, ele se lembrou de sua juventude, quando houve muito debate sobre permitir que os robôs transportassem estudantes. Levou vários anos para a tecnologia amadurecer, mas agora era tão comum quanto todos os outros carros automatizados na estrada.

O ônibus examinava o BioChip implantado no braço direito de cada aluno quando eles entravam e saíam do veículo. As câmeras monitoravam o comportamento do aluno e as penalidades por infrações eram severas. De um único centro de controle, um punhado de pessoas monitorava frotas inteiras de ônibus. Em alguns distritos mais problemáticos, um atendente adulto se fazia presente. Não para dirigir, mas para lidar com problemas de disciplina.

Enquanto observava o ônibus partir, a esposa de Matthew, Mallory, caminhou e ficou ao lado dele. Ela trabalhava na administração do hospital local e trabalhava de casa na maioria dos dias.

"Você acha que vai se atrasar hoje à noite?" ela disse.

"Eu não consigo pensar porquê. Tenho algumas coisas interessantes acontecendo, mas nada que nos mantenha lá até tarde. Ficarei no laboratório o dia todo, exceto pelo meu almoço com Brian".

"Você vai tentar novamente o experimento hoje?"

"Planejamos experimentar algumas variações do que fizemos na sexta-feira".

"Existe alguma razão para esperar resultados diferentes?"

"Eu duvido. Só precisamos de mais dados para descobrir o que está errado."

"OK. Boa sorte. Vejo você quando chegar em casa."

Eles se beijaram e Matthew saiu no momento em que o carro parava no meio-fio. Seus olhos se arregalaram quando viu que naquela manhã tinha um carro amarelo. Amarelo era uma cor incomum para carros. A maioria dos RoboCars eram cinza genéricos. Ele conseguia se lembrar apenas de algumas vezes em que entrara em um dessa cor.

Ele entrou no banco de trás, olhou para o painel de status na frente e viu que todas as luzes estavam verdes. Poucos dias antes, o carro que o pegou tinha duas luzes âmbar de falha aparecendo. Uma era um indicador de baixo combustível e outra para uma falha de comunicação secundária. Os carros deveriam se abastecer, se necessário, antes de qualquer tarefa e sair da rotação por quaisquer erros em seus sistemas.

Vinte anos atrás, a propriedade de automóveis particulares começou a ser descontinuada. Grandes conjuntos de veículos autônomos substituíram os de propriedade privada. Esses veículos autônomos estavam na estrada constantemente, passando de um trabalho para o outro. Os carros particulares não ficavam mais parados nas calçadas por horas, a dias seguidos.

Ele sentou-se e relaxou durante os quinze minutos de viagem, enquanto o atendente virtual do carro o atualizava sobre esportes, notícias recentes e clima. Matthew descansou a cabeça para trás e fechou os olhos, absorvendo as informações que o atendente estava fornecendo. Ocasionalmente, ele dizia: "Pule", se o artigo apresentado não interessasse.

O atendente era interativo e Matthew podia fazer perguntas ao sistema. O atendente virtual localizaria qualquer informação solicitada e a exibia nas telas internas, ou as entregaria verbalmente. Quando o carro examinou seu BioChip quando entrou, ele acessou seu perfil on-line e sabia as informações que ele provavelmente gostaria de ouvir.

Durante a viagem, a atenção de Matthews foi atraída por uma frota de grandes drones, sem piloto, decolando de um centro de distribuição de varejo. Depois de ganharem altitude, todos se separaram e seguiram em direções diferentes em direção a suas atribuições. Eles estavam indo para as lojas, para entregar seu produto, ou para uma empresa de entrega que levaria a mercadoria diretamente aos clientes.

Quando estavam se aproximando do laboratório, Matthew disse: "Pare de apresentar".

O atendente parou de falar.

"Atendente, reserve um carro às 11h45 para me buscar no trabalho e me levar ao Restaurante Lobster House, em Jamestown."

"Reserva feita e adicionada à sua programação", disse o atendente do veículo.

"Envie uma mensagem para Brian Stoffer e informe que planejarei encontrá-lo por volta do meio-dia". Fazendo referência às informações no BioChip de Matt, o atendente virtual encontrou a entrada de Brian Stoffer em seu diretório de endereços on-line.

"Mensagem enviada", disse a voz automatizada.

Matthew e Brian se conheceram em uma conferência há cinco anos e haviam se tornado amigos rapidamente. Como eles trabalhavam perto um do outro, combinavam de se encontrar para almoçar três a quatro vezes por ano. Matthew sempre ansiava por essas oportunidades de ver seu amigo e acompanhar o que cada um deles estava fazendo.

O carro chegou em frente ao prédio inexpressivo.

Matthew saiu e uma voz de dentro do carro disse: "Tenha um bom dia, Doutor Becker."

Ele entrou no prédio e passou pela área de recepção. Aproximou-se do painel transparente que bloqueava o acesso a uma área específica do edifício. Consultando o BioChip no braço direito de Matt, um computador que controlava o acesso ao prédio instruiu os painéis a se separarem e o deixarem passar. Matthew continuou no corredor e pegou um elevador para dois andares abaixo. Ele saiu e foi ao seu escritório, onde depositou sua jaqueta.

"Atendente, há alguma mensagem para mim?"

"Uma mensagem de Brian Stoffer", disse uma voz

vinda de um pequeno dispositivo em sua mesa. "Diz: Parece bom. Vejo você lá."

Matthew seguiu até um painel na parede. O painel se abriu e ele pegou uma caneca de café quente. Quando os sistemas o reconheceram entrando no prédio, esperaram um minuto e depois a cafeteira, escondida no painel, preparou o café para que estivesse pronto quando ele chegasse. Ele saiu do escritório e entrou no laboratório, carregando sua caneca.

"Oi, chefe", disse um coro de vozes quando ele entrou.

"Bom dia, pessoal. Estamos prontos?"

"Vamos fazer isso", respondeu um membro entusiasmado da equipe.

"OK, assim como da última vez. Você envia às 8:15, e nós receberemos às 8:10."

Três dos membros da equipe saíram com duas caixas e foram para o outro laboratório naquele andar. A primeira das caixas continha um caminhão de metal, um cavalo de plástico e uma melancia. A outra, continha um pacote de instrumentos que incluía uma pequena fonte de energia e dezenas de sensores que mediam as condições ambientais. As equipes estavam prestes a repetir um experimento que haviam tentado na semana anterior, onde moveram com sucesso os três objetos de volta no tempo. Foi apenas um salto de tempo de cinco minutos, mas provou que eles poderiam fazê-lo. Infelizmente, houve complicações. Dessa vez, eles também devolveriam o pacote de instrumentos. Esperavam que isso os ajudasse a entender o que os objetos experimentam ao voltar no tempo.

A atenção de todos se concentrou na bancada no centro da sala. Dois dos membros restantes da equipe configuram equipamentos de gravação de vídeo em torno do espaço de trabalho. Exatamente às 8:10, um ponto de luz azul neon apareceu alguns centímetros acima da bancada. Ele rapidamente cresceu para cerca de trinta centímetros de altura e sessenta de comprimento. À luz, vários itens apareceram e o portal desapareceu. Ninguém se aproximou da bancada. Eles estavam esperando a digitalização terminar. A equipe examinou os recém-chegados em busca de mais de uma dúzia de fatores, incluindo temperatura, radiação, cargas elétricas estáticas, peso e densidade molecular. Depois que o computador sinalizou tudo, todos puderam ver que, como da última vez, as coisas não estavam perfeitas.

A transição pela linha do tempo funcionou, e o caminhão e o cavalo de plástico pareciam como esperado. Mas a melancia agora era uma pilha de gosma desleixada, que continuava se decompondo enquanto eles observavam. Esses resultados foram os mesmos da última vez. O pacote de instrumentos parecia bem, e um membro da equipe o levou para que os dados coletados pudessem ser analisados. Esperançosamente, haveria pistas sobre o que causou um impacto tão negativo na matéria biológica.

"Acho que não está pronto para testes em humanos", disse uma voz, sarcasticamente.

O Doutor Matthew Becker considerou responder ao comentário, mas se absteve.

"Lembrem-se, pessoal", ele disse, "é isso que esperávamos. Não era o que queríamos, mas sabíamos que isso era provável, com base na semana passada. Vamos passar pela mesma análise de antes. Talvez encontremos algo que perdemos da última vez. Assim que tivermos os resultados dos instrumentos, informaremos o que descobrimos. Faremos o próximo teste depois do almoço. Vamos planejar que comece às 13:30."

Com o aparente problema no envio de matéria biológica através do tempo, a equipe queria realizar outro teste. Planejavam transmitir seis novos objetos esta tarde – um pedaço de galho fresco de um carvalho, um pedaço de madeira de 2X4, com vários anos de idade e bem seco, um vaso de plantas, uma coxa de frango crua, uma maçã e um copo cheio de água. Alguns membros da equipe queriam colocar um peixe dourado na água, mas foi decidido que deveriam entender melhor o que funcionava, e o que não funcionava, antes de adicionar um organismo vivo.

DEZOITO

Às 11:45, Matthew Becker saiu do prédio e viu um carro estacionando no meio-fio. Era cinza básico e parecia ser um dos modelos mais recentes, que começou a ver no final do ano passado. Quando ele se aproximou do carro, o veículo examinou seu BioChip e então abriu a porta para ele.

Ele se sentou e o atendente virtual disse: "Bom dia, Doutor Becker. Seu destino mudou, senhor?"

"Nenhuma mudança."

"Muito bem. Chegamos em aproximadamente quinze minutos".

Olhando pela janela, Matthew apreciou o lindo dia ensolarado de outono. Essa era sua época favorita do ano. Ele preferia as temperaturas de resfriamento aos verões quentes, aqui no leste da Virgínia.

Retornando seu foco aos negócios, Matthew pegou seu computador de bolso e começou a revisar os dados do teste. O computador de bolso é um computador portátil e dispositivo de comunicação avançado. Ele interage com o BioChip implantado, que todos tem injetado em seu braço desde tenra idade.

O teste desta manhã teve o resultado exato que

eles esperavam, já que haviam realizado o mesmo teste na semana anterior. O problema era que o exame da melancia, após o primeiro teste, mostrou a destruição da maioria das células vegetais. A nível celular, havia algo sobre o processo de viagem no tempo que era incrivelmente destrutivo. Como o objetivo final era poder mover uma pessoa através do tempo com segurança, esse era um grande problema que eles precisavam resolver.

O pacote de instrumentos que eles transmitiram hoje registrou tudo o que era possível, e os resultados se tornaram disponíveis assim que Matthew teve que sair para seu compromisso no almoço. O segundo teste, mais tarde naquele dia, envolveria uma ampla variedade de materiais orgânicos e eles estudariam o efeito da viagem no tempo em cada um.

Ao estudar os resultados dos testes, Matthew notou que quase tudo parecia permanecer normal, com exceção da pressão atmosférica e do atrito. Ambos haviam disparado o gráfico pela fração de segundo que levava para passar de um período para o outro. Talvez essa informação, e o próximo experimento, lhes dariam um caminho para um eventual sucesso.

O veículo começou a desacelerar e Matthew desligou o computador.

"Estamos chegando ao seu destino, senhor."

"O carro de Brian Stoffer já chegou?"

"Sim, senhor. O restaurante relata que ele já está sentado".

O carro parou ao longo da rua e a porta se abriu.

Quando Matthew saiu, ouviu: "Tenha um bom dia, Doutor Becker".

Ele desceu a curta trilha que levava a vários restaurantes à beira-mar e entrou na Lobster House.

Ele se aproximou do console do lado de fora da porta e antes que pudesse dizer qualquer coisa, uma voz eletrônica disse: "Bem-vindo à Lobster House, Doutor Becker. O Doutor Stoffer já está aqui. Por favor, siga a luz azul".

Matthew não pensou muito na eficiência do sistema. Ele cresceu com essa tecnologia e ficaria surpreso se não funcionasse corretamente. Assim que o carro chegou, ele transmitiu o código de identificação de seu BioChip, seu nome e as opções de pagamento registradas, para o atendente virtual do restaurante. O atendente virtual o identificou assim que ele entrou pela porta. As informações de pagamento recebidas do carro significavam que, além de dividirem a conta, não haveria necessidade de discutir o pagamento.

Uma luz azul apareceu no chão e Matthew caminhou em direção a ela. Quando ele se aproximou da luz, ela se moveu pelo chão, permanecendo cerca de um metro e meio à sua frente, levando-o ao seu lugar. Ele continuou até chegar a uma mesa, com vista para o mar. Quando Matthew se aproximou, a luz desapareceu.

O restaurante era decorado com um tema náutico clássico. Havia boias antigas, bandeiras e peças de navios antigos, incluindo janelas de vigia, hélices e timões pendurados nas paredes, junto com imagens digitais de velhos barcos, rolando em várias telas ao redor do restaurante.

Sentado à mesa estava seu bom amigo Brian Stoffer. Brian era um homem alto e magro, com cerca de cinquenta anos, pele escura e sotaque sulista. Ele era o presidente e CEO da Stoffer Medical

Enterprise (SME), que estava envolvida em todas as áreas da assistência médica. Brian supervisionava pessoalmente a divisão de pesquisa médica e conseguiu vários subsídios federais para vários projetos em andamento. A SME tinha a reputação de adquirir os melhores talentos e obter resultados impressionantes.

Brian se levantou quando seu amigo se aproximou e os homens se abraçaram calorosamente.

"Matthew, estou feliz que você esteja aqui. Faz muito tempo desde a última vez que nos encontramos."

"Eu sei, eu sei. As coisas ficam tão tumultuadas e tudo que sei é que não nos vemos há meses."

Os homens se sentaram. Eles tinham uma excelente vista do píer e alguns barcos à distância.

Os dois passaram os minutos seguintes conversando sobre as férias familiares recentes, enquanto examinavam os menus eletrônicos nas telas embutidas nas mesas. Eventualmente, Matthew apontou para a pequena caixa no centro da mesa, enquanto olhava para o amigo. Brian assentiu, indicando que estava pronto para pedir, e apertou o botão na caixa.

"Atendente pegue os pedidos", disse Brian. "Contas separadas".

"Doutor Stoffer, pode pedir."

"Vou querer a jambalaia de frutos do mar, com chá gelado."

"Jambalaia de frutos do mar com chá gelado. Seu pedido foi enviado. Doutor Becker, faça seu pedido."

"Vou querer robalo com arroz e mix de vegetais e também vou tomar chá gelado".

"Entendido. Robalo com arroz e vegetais. Seu pedido está feito. Suas bebidas sairão em breve. Algum dos senhores deseja adicionar um aperitivo?" a voz mecânica perguntou.

Matthew olhou para o amigo, que balançou a cabeça.

"Não", disse Matthew.

Dois minutos depois, um garçom apareceu com suas bebidas. Assim que saiu, Brian chegou ao ponto principal da conversa – o progresso em suas áreas de pesquisa. Os dois adoravam saber como o outro estava progredindo e o que haviam conseguido.

"Então, Matthew, como está indo o seu trabalho de viagem no tempo? A última vez que conversamos, você esperava poder abrir uma janela para o passado, em breve."

"Nós fizemos isso. No começo, era bem pequena e só conseguimos abri-la por uma fração de segundo, mas nossa equipe conseguiu enviar um feixe de laser focalizado através da pequena abertura. Conseguimos devolvê-lo em uma hora. Mais tarde, tentamos enviá-lo de volta por um dia e descobrimos que não importa a que distância o enviamos. É tão fácil enviá-lo por um mês, quanto por uma hora. Desde então, trabalhamos na criação de um portal maior e mais estável. Na semana passada, minha equipe de pesquisa transportou, com sucesso, três objetos no laboratório, quinze minutos de volta", Matthew explicou.

"Isso é incrível! Você está chegando perto de poder enviar uma pessoa de volta no tempo?" Brian perguntou.

"Bem, é aí que estamos presos. Objetos de metal ou plástico retrocedem com facilidade, até eletrônicos. No entanto, a biomatéria é um problema. Algo acontece, durante o movimento entre períodos, que é extremamente destrutivo para o material orgânico.

Mandamos uma melancia de volta e, quando ela chegou, parecia ter passado algum tempo no processador de alimentos. A maioria das células entrou em colapso e assistimos ao microscópio as restantes se desintegrarem durante a próxima hora."

"Ooh, isso é um problema. O que você fez para tentar resolver isso?"

"Não muito. Esse primeiro teste de melancia foi apenas na última sexta-feira. Repetimos o teste e obtivemos os mesmos resultados novamente esta manhã. Nesta tarde, tentaremos novamente, com uma ampla variedade de outros materiais orgânicos para ver se os resultados lançam luz sobre o que está causando o problema. Esperávamos obstáculos, e este é apenas mais um para resolvermos. Nós vamos descobrir," Matthew explicou.

"Uma das minhas equipes está trabalhando em novas maneiras de tratar o envenenamento por radiação. Como tenho certeza, a exposição à radiação destrói as células do corpo. Eles estão trabalhando em um tratamento que fortalecerá as células e evitará sua destruição quando expostas à radiação. Se você quiser, posso marcar uma reunião entre essa equipe e a sua, para ver se pode haver um ponto em que o trabalho deles possa ajudar com o seu," Brian ofereceu.

Matthew assentiu. "Isso seria bom. Se você puder explicar a eles o que estamos tentando fazer e pedir que me liguem, isso pode ser muito útil".

"Fico feliz em ajudar. Você chegou tão longe. Eu ficaria feliz em fazer qualquer coisa para ajudar a seguir adiante."

"E o seu trabalho? Como está progredindo?" Perguntou Matthew.

"Muito mais lento que o seu, eu acho. Como disse

antes, estamos procurando uma fórmula que permita que o corpo humano se cure a uma taxa muito mais rápida do que é atualmente possível. Infelizmente, isso não é fácil. Ultimamente, não tivemos nenhum progresso real, apenas algumas teorias baseadas em nossos estudos."

"Que tipo de teorias?"

"Bem, para que o corpo, como um todo, se recupere a um ritmo mais rápido, as alterações que fazemos têm que impactar o corpo inteiro no nível celular. Temos uma versão inicial de um soro que, quando aplicado diretamente a um grupo de células, aumenta sua capacidade de se reparar a um ritmo fantástico. O problema é que é extremamente lento penetrar nas células para fazer as alterações necessárias."

"OK, eu estou acompanhando. Quão lento você está falando?"

"Desejamos ter um medicamento que possa ser injetado em alguém gravemente ferido e tenha sua taxa de cura aumentada em dez, ou até cem vezes. Temos uma fórmula que achamos que funcionará, mas, devido ao tempo que leva para se espalhar pelas células, a cura real de todo o corpo nem começaria por anos, ou talvez décadas."

"Oh, eu vejo onde isso é um problema. Mas parece que você começou sua jornada. Só precisa resolver alguns dos problemas," disse Matthew, tentando ser encorajador.

"Talvez. Mas mesmo se resolvermos esse problema, ainda não sabemos ao certo se a fórmula funcionará para permitir que as lesões se recuperem mais rapidamente. Não podemos testar essa parte até que superemos esse primeiro obstáculo", explicou Brian, com a frustração evidente em seu tom.

"Parece-me que nós dois estamos perseguindo algumas coisas interessantes no nível celular", disse Matthew. "Eu digo que qualquer um de nós que termine primeiro, não precisa pagar pelo almoço na próxima vez".

"Suspeito que pagarei, mas aceito." Brian disse.

DEZENOVE

Sandra se sentou no banco da frente da van. Ao lado dela estava Darrel Benning. Ela detestava quando tinha que trabalhar com ele. Ele era cruel e sempre fazia comentários grosseiros. A pior parte era sua aparente aversão ao banho. O cabelo dele estava sempre oleoso e ela duvidava que um pente tivesse passado por ele.

A van tinha as marcações para uma empresa de manutenção doméstica que não existia. Eles haviam aplicado as etiquetas nas laterais do veículo quando estavam na metade do caminho e as removeriam em algumas horas.

Eles se prepararam mentalmente, pois estavam chegando ao destino. A van os havia conduzido a setenta e cinco quilômetros, até a subdivisão. A devolveriam em apenas algumas horas. A viagem de volta seria mais longa. Dirigiram cerca de trinta minutos na direção oposta, antes de encontrarem um local isolado para remover os adesivos do veículo. Então, eles voltariam para casa. Depois que voltassem, eles não apenas apagariam o computador de navegação. Eles o substituiriam por um novo e o atual seria triturado. Nenhum registro de sua missão matinal existiria.

Sandra instruiu o veículo a apagar os faróis, antes de a van parar em casa. Ela olhou para Darrel, que assentiu, indicando que estava pronto. Ele estava vestido de forma idêntica a ela. Eles usavam roupas de confecção impermeáveis e de peça única. Entre as vestes, luvas e capas de sapatos, nenhuma evidência seria deixada inadvertidamente para trás. Cada um deles tinha uma faixa larga ao redor do antebraço, para proteger seus BioChips. Seria desastroso se os sistemas da casa os examinassem.

Depois de sair do veículo, cada um deles amarrou um cinto de força. Sandra carregava uma pequena bolsa, feita do mesmo material que seus trajes. Nada sairia da bolsa que pudesse ser recuperado pela polícia. Ao se aproximarem da casa, cada um colocou um capuz apertado, conectado ao cinto de força. O capuz era hermético e o cinto de força passava pelos pequenos re-circuladores de ar, embutidos nas máscaras faciais. Quando eles saíssem dali, não haveria nenhum ar expirado deixado para trás para que uma unidade da cena do crime pudesse detectar, capturar e analisar.

Ao se aproximarem silenciosamente da casa térrea, eles se moveram o mais silenciosamente possível, e observaram as casas vizinhas para garantir que não estavam atraindo nenhuma atenção. Darrel pegou um dispositivo e o colocou contra a fechadura e, alguns segundos depois, eles ouviram um baque surdo quando um buraco circular, com um diâmetro de treze centímetros, atingiu a porta de aço, quebrando a fechadura. Sandra entrou primeiro, com seu bastão elétrico na frente dela. Ela não se importava o que eles estavam prestes a fazer – era uma tarefa necessária. Mas a ansiedade de Darrel a enojava.

Ela rapidamente descobriu o layout do local e foi para o quarto da casa imaculada. O alvo estava começando a sair da cama, para investigar o som da porta sendo aberta, quando Sandra entrou. Sandra tinha a voltagem do bastão ajustada para três e provocou um choque destinado a atordoar, mas não causar muita dor. A mulher caiu de volta na cama e Sandra se ajoelhou ao lado dela. Ela pegou o computador bolso da mulher, que estava na mesa ao lado da cama, e a ajudou a se sentar.

"Não queremos machucá-la. Então você deve seguir nossas instruções, ou essa se tornará uma manhã muito dolorosa."

A mulher chocada apenas assentiu.

"Tudo o que precisa fazer é ligar para o trabalho dizendo que está doente. Você pode fazer isso?"

"Sim." A mulher trêmula assentiu.

Sandra entregou-lhe o computador e a mulher fez a ligação, durante a qual Sandra ouviu Darrel vasculhando as gavetas da cozinha. Ela conhecia seus modos distorcidos e não tinha intenção de deixá-lo torturar a mulher.

Assim que a mulher desligou, Sandra colocou o bastão no peito da mulher e apertou o botão novamente. Agora estava em sua configuração máxima de vinte e cinco. Ela morreu instantaneamente e sem dor.

Quando Sandra guardou o bastão, Darrel entrou no quarto, carregando um grande cutelo de carne.

"O que? Ela já está morta? Eu estava planejando me divertir com ela!" Darrel disse, a decepção evidente em sua voz.

"Relaxe. Você ainda vai se divertir um pouco".

Sandra ficou feliz que a mulher morasse sozinha. Caso contrário, isso teria sido muito mais complicado.

Ela pegou um estojo pequeno da bolsa e removeu o bisturi de dentro. Girou o braço direito da morta, para que a superfície anterior ficasse para cima, e depois sentiu a carne por alguns segundos, antes de encontrar o que queria. O bisturi a laser se iluminou com um zumbido quase indetectável, e ela ajustou o feixe de laser para ter cerca de meio centímetro de comprimento. Fez uma incisão no braço, com cerca de cinco centímetros de comprimento. Ela devolveu o bisturi a seu estojo e o colocou de volta na bolsa. Depois, pegou um pequeno copo de amostra e apertou e cutucou a incisão, até remover um pequeno dispositivo do tamanho de um grão de arroz. O BioChip estava no braço da mulher há mais de trinta anos. Era uma versão inicial, um dos primeiros milhões de chips produzidos. Sandra colocou no copo de amostra, selou o copo e colocou na bolsa, depois se levantou e olhou para Darrel.

"Faça sua coisa. Eles precisam de pelo menos um dia antes que fique claro porque isso aconteceu, então, tente impedir que minha incisão seja notada imediatamente. Lembre-se, nenhuma evidência deve ser deixada para trás, ou levada com você".

"Eu sei. Eu já fiz isso umas duas vezes antes".

Quando Sandra saiu da sala, disse: "O problema é que você gosta demais".

Ela olhou para sua roupa. Estava livre de contaminação. Tudo o que encontrou foi um pouco de sangue nas luvas. Ela foi à cozinha e lavou as luvas, para deixá-las tão limpas quanto novas, enquanto tentava ignorar os sons cortantes vindos do outro cômodo.

VINTE

Peggy Wilson se aproximou de seu destino – Parque Burleson, em Gila Bend, Arizona. Ela pilotava uma motocicleta Honda de 25 anos, construída em 2081. Coincidentemente, esse foi o mesmo ano em que Peggy nasceu. Embora os veículos não-autônomos ainda fossem legais, eles eram cada vez menos comuns. Ela sabia que qualquer pessoa que visse sua moto notaria que ela estava sob controle manual, e isso poderia se destacar. Embora ser notada nessa viagem fosse indesejável, era muito menos preocupante do que a ideia de um registro de um carro autônomo ser capaz de rastrear essa viagem.

Peggy era uma mulher um pouco mais baixa que a média, com longos cabelos castanhos e uma personalidade borbulhante. Ela era independente e sempre tentava tirar o máximo proveito da vida. Essa viagem era a quarta que ela fazia para encontrar seu contato. Se ela visse alguém que não fosse o homem, que conhecia como Bobby, voltaria à estrada e sairia de lá rapidamente.

Bobby reconheceria a motocicleta de Peggy. Ela participou de todas as reuniões, que aconteceram em um local diferente a cada vez. Ele até comentou a excelente condição em que uma moto tão antiga estava.

Como sempre, Peggy estava um pouco preocupada com o que Bobby pediria para ela fazer. Cada vez que se encontravam, ele queria outra coisa. E a cada vez, ele lhe dava uma quantia considerável de dinheiro por resolver seus problemas. Nada disso fazia sentido para ela. Ela não disse a ele nada demais. Na maioria das vezes, as informações eram benignas, e muitas delas estavam disponíveis em um dos muitos sites on-line acessíveis ao público.

Hoje ela se sentia mais preocupada, porque Bobby a havia convencido de que a reunião aconteceria hoje, no final da tarde. Ela não conseguia se livrar da sensação de que isso era algo diferente.

A maior parte do dinheiro que ela recebeu de Bobby estava em segurança em uma conta no exterior anônima, que ele a ajudou a configurar. Ela esperava usar o dinheiro para uma aposentadoria antecipada.

Peggy havia começado seu trabalho há pouco mais de dois anos. Ela trabalhava como técnica de laboratório para uma empresa chamada Argon Technologies. Alegavam que estavam trabalhando no desenvolvimento de imunizações para gado, sob contrato do Departamento de Agricultura. Mas ela não acreditava nisso. Internamente, havia boatos de que o Departamento de Defesa estava pagando suas contas. Isso fazia mais sentido para Peggy, porque o laboratório estava escondido e tinha guardas armados. Além disso, ela trabalhava em uma instalação contendo um ambiente de risco biológico de nível quatro. Ela tinha problemas para entender a necessidade desses tipos de precauções para vacinas experimentais para animais.

Ela se aproximou do estacionamento e viu dois veículos na área, nenhum dos quais parecia familiar. Mas isso não era surpreendente, porque Bobby tinha um veículo diferente cada vez que se encontraram.

Peggy estacionou a moto e viu um casal caminhar em direção a um carro que os esperava. Quando se aproximaram, as portas traseiras se abriram para eles. Eles entraram e o carro partiu. Ela seguiu um caminho até o parque, passando pela área de recreação infantil e quadras de basquete. Então, ela viu uma pessoa sentada sozinha em uma mesa de piquenique isolada, longe de qualquer outro assento ou caminho.

"Oi, Bobby", disse ela, enquanto se aproximava dele.

"Peggy. É bom ver você, como sempre". Bobby se levantou e deu-lhe um abraço amigável.

Ele usava calça social e camisa, e parecia que estava indo para uma reunião de negócios. Tinha estatura média e parecia ser descendente de anglo-saxões, com um bigode arrumado e cabelos curtos. Havia uma cicátriz torta no queixo, mas fora isso, ele não era digno de nota. Ao lado dele, em cima da mesa, havia uma bolsa de nylon do tamanho de uma pequena mochila.

"Eu tenho as fotos que você queria." Peggy estendeu a unidade de dados avançada.

Bobby pegou o aparelho e tirou um computador portátil da bolsa. Ele colocou a unidade de dados ao lado do computador. Em alguns segundos, os dados foram removidos da unidade e transferidos para um servidor em um país com intenções hostis em relação aos Estados Unidos. Ele então embolsou a unidade de dados, mas manteve o computador na mão e começou a apertar botões para inserir dados.

"Vá em frente e verifique o saldo da sua conta", disse ele. "Você verá que o valor acordado já está lá."

Peggy tirou o próprio computador de bolso da jaqueta e trabalhou nele por alguns segundos. Ela viu que o saldo em sua conta no exterior havia aumentado em 150.000 dólares.

Ela colocou o computador de volta no bolso. "Está tudo lá. Obrigado."

"Peggy, você fez um bom trabalho e nós temos uma solicitação final para você."

Não foi a primeira vez que ele usou a palavra nós e isso a deixava mais desconfortável cada vez que ela a ouvia. Quem éramos nós? Ele sempre se recusou a responder quando ela perguntava.

"Pedido final?" ela disse.

Ela fornecia informações a cada poucas semanas, em troca de uma boa quantia de dinheiro. Ela depositava perto do salário de um ano cada vez que se encontravam. Sua única estipulação foi que ela não fosse solicitada a fornecer algo considerado confidencial.

"No laboratório, há uma vacina referenciada como X-5207. Precisamos que você pegue um frasco dela e traga para mim".

Peggy sentiu a pele esfriar e o batimento cardíaco aumentar. Ela estava com problemas e sabia disso. Todas as fórmulas nas quais o laboratório estava trabalhando tinham um nome de código. A primeira letra indicava o quão perigoso era. X significava extremo. Bobby tinha acabado de pedir uma amostra da vacina possivelmente mais perigosa do laboratório.

X-5207 era algo de que Peggy tinha ouvido falar. Ela não sabia o que era, porque seu nível de liberação não permitia que ela soubesse. Sabia que era algo sobre o qual alguns dos pesquisadores do laboratório passavam a maior parte do tempo trabalhando, e que deixava algumas pessoas extremamente empolgadas. Muitas cientistas seniores, que trabalhavam no projeto X-5207, estavam ocasionalmente saindo do local para reuniões nos últimos meses.

"Eu não tenho acesso a isso. Não consigo chegar a amostras de laboratório. Eles as mantêm na área quente, e eu só posso ir lá para tarefas específicas de limpeza, e sempre sou supervisionada."

"Nós já cuidamos disso. Amanhã não haverá ninguém trabalhando no Laboratório Argon. Acredito que haja uma grande atualização do sistema de energia programada para as 8:00 da manhã. O laboratório estará desligado, exceto os sistemas críticos, que estarão com energia de backup. Até os circuitos de comunicação estarão offline durante esse período."

Peggy sentiu um calafrio percorrer sua espinha por ele saber essas informações. Tudo era verdade – e secreto. Ela participou de discussões sobre o planejamento da interrupção e as melhores maneiras de garantir que todos os sistemas voltassem a ficar online após a conclusão da manutenção.

Ela se sentou no banco da mesa de piquenique. "Isso é verdade. No entanto, não consigo entrar na área do laboratório, especialmente na zona quente. Todo o acesso ao laboratório está vinculado ao meu BioChip e não tenho autorização."

Bobby sorriu e assentiu. "Nós lhe daremos um novo BioChip que permitirá o acesso".

"Se você substituir meu BioChip, não poderei fazer nada! Não posso fazer compras, ligar para o carro ou entrar no meu apartamento", disse Peggy, a ansiedade em sua voz aumentando.

"Relaxe. Nós resolvemos tudo isso. Não vamos

remover seu chip atual. Forneceremos a você uma ampla faixa de embaralhamento de frequência, que você usará em seu próprio BioChip para ocultar o sinal".

Peggy fez uma pausa, deixando todas as informações entrarem. "Quando concordei em fazer isso, disse que não forneceria nada perigoso. Isso vai muito além dessa linha. Não vou fazer isso."

Bobby sorriu para ela novamente com uma expressão divertida. Ele pegou seu computador e estendeu para ela ver. A tela exibia todas as compras que ela havia feito com o dinheiro que ele a havia dado. Compras que ela nunca deveria poder pagar. Também mostrou um registro de todos os depósitos feitos em sua conta no exterior e os saques que ela fez. As imagens também incluíam todas as informações que ela forneceu a Bobby nos últimos meses, incluindo as fotos que ela forneceu hoje.

"Você tem alguma ideia do que os tribunais fariam com alguém que, intencionalmente, pegou todas essas informações de um laboratório secreto, financiado pelo governo, e as entregou a alguém em troca de dinheiro?"

Peggy não sabia a resposta exata para essa pergunta, mas sabia que enfrentaria anos de prisão. Ela se sentou em silêncio, atordoada demais para dizer alguma coisa ou até mesmo enxugar as lágrimas que escorriam pelo rosto.

Finalmente, ela olhou para Bobby e o viu digitando dados em seu computador.

"Ainda assim não farei", disse ela.

"Por que não?

"Quando perceberem que o X-5207 está faltando, eles analisarão os dados do computador e descobrirão que fui eu. O falso BioChip pode me levar para dentro, mas eles acabarão descobrindo."

"Muito verdadeiro. Você se lembra de quando nos conhecemos? Você me disse que seu sonho era economizar dinheiro suficiente para poder se aposentar no Caribe e morar em um barco".

"Eu lembro."

"Pegue seu computador e olhe para sua conta novamente."

Sentindo-se confusa, Peggy pegou e verificou seu saldo no exterior. Aumentou em 5 milhões de dólares.

"Eu não entendo. O que isto significa?"

"São mais 5 milhões de dólares em sua conta. Quando você entregar o X-5207, adicionarei mais 10 milhões. Isso será mais do que suficiente para você se aposentar no Caribe. Também substituiremos seu BioChip real por um que tenha uma nova identidade para você."

"Então, minhas escolhas são enriquecer e me aposentar, ou ir para a prisão?"

"Sim. Essas são as duas escolhas." Ele removeu dois itens da bolsa.

Um deles era uma seringa contendo o novo BioChip, do tamanho de um grão de arroz. O outro era uma faixa larga feita de malha elástica de pano.

"Deslize esta faixa sobre o antebraço direito e o chip no seu braço será incapaz de se comunicar. Se você precisar usar seu chip, coloque a faixa no braço esquerdo, onde estou prestes a injetar esse novo chip. Isso permitirá que você acesse todas as áreas do laboratório."

"Como você conseguiu um BioChip que tem acesso ao laboratório?"

"Eu poderia lhe dizer, mas em vez disso, vou

apenas dizer que há algumas coisas que é melhor não saber."

Peggy estendeu o braço esquerdo, imaginando o que a última afirmação significava, e Bobby inseriu a agulha.

VINTE E UM

Ainda estava escuro lá fora quando Peggy Wilson saiu da cama. Sua assistente virtual iria acordá-la em mais meia hora, mas ela não estava dormindo e não aguentava mais encarar o teto. Ela saiu da cama e foi para o chuveiro. Enquanto tomava banho, se certificou de manter a faixa de malha transparente no lugar em seu braço esquerdo. Bobby a avisou para não deixar o novo BioChip se comunicar com nada, até que ela estivesse pronta para isso.

Depois de tomar banho e se vestir, ela pegou a maior mala de viagem que possuía e encheu com todas as coisas que mais importavam. Ela não tinha certeza de quando partiria para o Caribe, mas supôs que seria logo após a reunião em que entregaria o X-5207 a Bobby.

Peggy olhou em volta de seu apartamento aconchegante. Não era muito grande, mas ela havia gostado. Infelizmente, depois que o dia terminasse, ela não poderia passar mais uma noite lá. Ou estaria a caminho da aposentadoria dos sonhos, ou estaria fugindo da segurança do laboratório e das autoridades.

Sentada no sofá, ela pegou um livro de sua biblioteca eletrônica. Foi um que ela comprou vários anos atrás e tinha informações sobre as Ilhas do Caribe. Ela planejava começar em St. Thomas e pegar um barco. Passaria alguns anos explorando a maioria das outras ilhas.

Por mais que tentasse, ela não conseguia tirar o pensamento do dilema e, eventualmente, largou o computador que estava exibindo o livro. Bobby fez um excelente trabalho em encurralá-la. Ela agora suspeitava que todas as outras informações que ela havia levado para ele não tinham sentido. Era tudo sobre colocar os ganchos nela, para que ela não tivesse escolha a não ser concordar em obter a amostra para ele. Por mais que tentasse pensar em uma saída, ela não acreditava que isso fosse possível. Teria que ver isso até o fim e esperar o melhor.

Depois de mais meia hora de espera, ela deixou o apartamento e pulou na motocicleta. Geralmente, ela pegava um carro para trabalhar, mas iria diretamente ao Bobby depois de obter a amostra.

Era uma manhã quente de verão no deserto do Arizona, e o sol estava chegando no horizonte. Peggy ligou a moto e saiu do estacionamento de seu apartamento. Ela entrou em uma estrada que já estava cheia de carros levando seus passageiros para o trabalho. Parando em um restaurante de fast food, pegou um sanduíche e café para o desjejum. A xícara de café entrou no porta-copos embutido e ela ativou o acionamento automático. Embora não fosse totalmente autônoma, a moto podia fazer a maior parte do trabalho. O GPS sabia para onde ela estava indo, e o uso do acionamento automático também acionava o sistema de estabilidade da moto. A moto não tombaria agora, mesmo que ela tentasse. Ela raramente andava assim, preferindo gostar de ter a moto sob seu controle. A única exceção era quando ela comia.

Soltou o guidão e a moto assumiu. Ela se concentrou na comida e achou o pão empapado e o presunto frio. Mesmo assim, fechou os olhos e tentou relaxar e comer. Ela os abriu novamente quando ouviu um sinal sonoro. O som estava alertando-a de que a moto faria uma curva. Embora não tombasse, ela poderia cair se não estivesse pronta para uma manobra inesperada.

Quando terminou de comer, ela recuperou o controle manual para a última etapa da jornada. Ela saiu da rodovia e estava em uma estrada de terra estreita. Não havia sinais de pessoas por vários quilômetros. Apenas deserto e o sinal ocasional de um aviso contra invasão. Eventualmente, ela alcançou uma barreira em ruínas que bloqueava a estrada. Qualquer pessoa que não soubesse, pensaria que era um obstáculo abandonado de cinquenta ou mais anos atrás. Quando a moto parou a um metro e meio de distância, os sensores escondidos na barreira leram o BioChip em seu antebraço, e toda a barreira deslizou para fora da estrada, abrindo um caminho para ela. Ao mesmo tempo, o sistema de segurança eletrônica transmitia um sinal para os guardas que estavam a cerca de cem metros da barreira. Isso os informou que uma motocicleta com Peggy Wilson estava se aproximando. Como o motociclista foi identificado e aprovado no portão, os guardas apenas acenaram quando ela se aproximou e passou acelerando.

Ela continuou mais um quilômetro pela estrada de terra, até chegar a um grande edifício de armazenamento que parecia ter sido abandonado por muitos anos. Havia uma grande área de estacionamento vazia na frente. Ela desmontou e entrou no prédio. Quando passou pela porta, um sensor leu seu BioChip e uma seção da parede se abriu, revelando um elevador que tinha as portas abertas e a esperava. Ela entrou e desceu dez metros na instalação da Argon Technologies. Pelo que ouvira, esse local, e alguns dos prédios subterrâneos existentes, fizeram parte de um silo de mísseis nucleares mais de cem anos antes.

Quando o elevador chegou ao nível 4, Peggy caminhou pelo corredor estreito de concreto reforçado e depois virou à esquerda, em direção à sua estação de trabalho.

"Assistente, a manutenção de energia ainda está dentro do prazo?"

Uma pequena caixa em sua mesa respondeu: "Sim, Senhorita Wilson. Vai começar em quatro minutos."

"Quantas outras pessoas estão na instalação?"

"Apenas uma. O Chefe de Manutenção, DeCosta, está em seu escritório no nível dois."

Peggy deixou sua área de trabalho e desceu outra passagem que levava ao laboratório. Enquanto caminhava, a maioria das luzes do corredor se apagou e ela ouviu uma voz automática dizer: "Interrupção de energia detectada. Sistemas primários online. Sistemas secundários e não essenciais indisponíveis."

Peggy parou e tirou a faixa do braço esquerdo e cobriu o BioChip no braço direito. Ela, então, continuou em direção ao laboratório e olhou para uma câmera de segurança. A luz de LED que sempre brilhava em verde agora estava escura. Se as câmeras continuassem energizadas, ela nunca seria capaz de concluir seu plano.

As portas do laboratório se abriram quando ela se

aproximou. Com isso, ela se sentiu um pouco decepcionada. Esperava, parcialmente, que o novo chip não funcionasse. Seria uma maneira de sair dessa bagunça. Ela se aproximou da porta que dava para o vestuário e que também se abriu para ela.

Uma voz mecânica disse: "Bem-vindo, Doutora Cox. Estamos trabalhando apenas com energia de backup. A maioria dos sistemas está offline."

Quando Peggy entrou, a porta se fechou atrás dela. Ela parou e se apoiou contra a parede. A Dra. Elizabeth Cox era pesquisadora sênior da Argon. O chip em seu braço a identificou como Cox. O pavor que Peggy estava sentindo desde que se encontrou com Bobby cresceu acima dos limites.

Embora distraída, Peggy conseguiu se despir e vestir um dos seis trajes de risco biológico que pairavam na sala. Normalmente, entrar em um traje era um trabalho para duas pessoas. A segunda pessoa se certificava de que todos os selos estivessem fechados, para que não houvesse vazamentos. Ela havia visto um vídeo de treinamento que mostrava como uma única pessoa poderia vestir a roupa, se necessário, mas isso era contra os procedimentos do laboratório.

Depois que seu traje de risco biológico foi colocado e selado, ela se transferiu para a sala de equipamentos. Puxou o capuz do traje por cima da cabeça, depois amarrou um cinto de força pendurado em um gancho e o vestiu. Todo o ar do traje foi expulso, e o traje, anteriormente folgado, tornou-se impermeável. Ela se sentou no banco, colocou botas especiais e depois calçou luvas descartáveis. De outro gancho, pegou uma máscara e a apertou em volta da cabeça, certificando-se de que a vedação entre a máscara e o capuz fosse hermética. Por fim, ela colocou uma mochila rígida que continha o ar pressurizado que estaria respirando.

Então, saiu da sala de equipamentos e entrou na sala de descontaminação. Agarrou uma mangueira pendurada na mochila, respirou fundo e depois acionou um interruptor na máscara, para impedir a entrada de qualquer ar externo. Prendeu a mangueira à máscara e o ar purificado começou a fluir. Como ela estava se dirigindo para a zona quente, os scanners simplesmente se certificaram de que a porta de entrada estivesse totalmente selada antes de abrir a porta no laboratório de risco biológico nível 4. Ela entrou e as portas atrás dela se fecharam, selando-a na zona quente, potencialmente mortal.

"Olá, Doutora Cox", disse o atendente virtual. "Temos energia limitada e muitos sistemas estão offline."

Peggy foi para o armário refrigerado onde as amostras ficavam armazenadas. Ela notou que a maioria dos equipamentos nas superfícies de trabalho estava escura por falta de energia. Felizmente, a refrigeração era crítica o suficiente para continuar funcionando.

A inteligência nos armários leu o BioChip e notou que a Doutora Elizabeth Cox estava autorizada a estar lá. Depois de pesquisar, Peggy encontrou os três frascos marcados com X-5207 e colocou um no balcão ao lado dela. Ela apertou um botão para ativar o sistema robótico que lidaria com a amostra mortal. Nada aconteceu. Sem energia, ela teria que fazer isso manualmente.

Ela, então, localizou um frasco de vidro vazio e uma garrafa grande contendo solução salina estéril. Pegou uma seringa e retirou todo o conteúdo do frasco marcado com X-5207 e injetou no frasco vazio. Então, usou uma nova seringa para remover a solução salina da garrafa grande. Esta solução salina entrou no frasco agora vazio, marcado com X-5207, e ela devolveu esse frasco marcado ao gabinete de onde ele veio originalmente. Com sorte, a substituição do X-5207 por soro fisiológico não seria descoberta antes que ela estivesse fora do país.

Ela descartou as seringas de acordo com o procedimento de laboratório, em um slot na superfície de trabalho. Ele terminava no incinerador, que estava dois níveis abaixo deste.

VINTE E DOIS

Peggy devolveu todo o equipamento que havia usado e depois checou, para ter certeza de que tudo estava de volta onde estava quando ela entrou no laboratório. Ela pegou o frasco não-marcado e apertou o botão para abrir a porta da longa sala de descontaminação. Mudou-se para o convés e a porta da zona quente, agora atrás dela, fechou-se. Ela entrou em uma alcova, marcada como 1, e produtos químicos tóxicos a pulverizaram de três direções. Ela girou lentamente em círculos e o spray cobriu cada centímetro de seu traje de contenção. O spray de descontaminação mataria e lavaria qualquer coisa prejudicial que pudesse ter ficado em seu traje de proteção. Quando a primeira etapa da descontaminação foi concluída, ela foi para a estação seguinte, marcada com 2. Lá, ela passou pelo mesmo procedimento novamente, desta vez com um agente de limpeza diferente. Finalmente, ela foi para o local marcado com 3, onde tudo começou novamente, desta vez com água.

Peggy foi até a porta e apertou um botão, indicando que ela estava pronta para sair. Antes de a porta se abrir, enormes exaustores entraram em ação, substituindo o ar na sala. Finalmente, a luz ficou verde, indicando que ela estava livre para sair. Ela respirou fundo, desligou o suprimento de ar e a porta se abriu. Ela entrou e a porta se fechou atrás dela. Depois de remover a capa, o traje, as botas e a máscara, ela os colocou em uma bolsa grande, a selou e jogou em uma calha na parede que transportaria a bolsa para limpeza adicional. As luvas entraram em outra calha, que levava ao incinerador. Uma vez que esses sistemas tivessem energia, as luvas seriam queimadas, juntamente com as seringas.

Ela entrou em um dos chuveiros, onde se esfregou por vários minutos, usando sabonete e xampu especiais. Somente depois de concluir cada uma dessas etapas, ela poderia voltar ao vestiário e colocar as roupas. Depois de se vestir, ela enfiou o frasco sem rótulo em uma bolsa presa à cintura e, ao sair do vestiário, a voz computadorizada disse: "Tenha um bom dia, Doutora Cox".

Ela estava tentando empurrar os pensamentos sobre Elizabeth Cox de sua mente. As duas não eram amigas. Elas existiam em diferentes níveis dentro da empresa, mas tiveram algumas boas conversas ao longo dos anos. Este comentário final do atendente renovou os pensamentos sobre Cox na mente de Peggy.

Peggy pegou a faixa de malha do braço direito, colocou-a à esquerda e foi para a estação de trabalho.

"Assistente, antes de hoje, quando a Dra. Elizabeth Cox estava no prédio?"

"Ela esteve aqui há dois dias."

"Você sabe por que ela não estava no trabalho ontem?"

Após uma pausa, a voz disse: "A Dra. Cox relatou estar doente ontem e disse que ficaria em casa".

"Assistente, localize o endereço da Doutora Cox e envie-o para o sistema de navegação em minha moto".

"Feito."

Peggy foi até o elevador e depois percebeu que não respondia devido à falta de energia; então, subiu as escadas de emergência a dezoito metros da superfície. Ela pegou a moto e ligou, acionou o piloto automático e selecionou o destino no sistema de navegação. Enquanto andava, Peggy ficou pensando na amostra em seu cinto. O que era isso? O que a tornava tão valiosa que alguém pagaria mais de 15 milhões de dólares por isso? Quem eram eles e o que fariam com isso? Como eles conseguiram uma cópia do BioChip da Dra. Cox? Era uma cópia?

Após cerca de vinte minutos, a moto diminuiu a velocidade ao entrar em uma subdivisão. Peggy assumiu o controle manual e seguiu o sistema de navegação até chegar ao endereço exibido no console da motocicleta. Ela reconheceu os drones de segurança da polícia. Instalados nas bordas da propriedade, cada um deles tinha uma mensagem piscando na tela grande que dizia: *Não entre por ordem da polícia. Cena de crime*. Lasers brilhavam entre eles. Se alguém entrasse na propriedade, os drones chamariam a polícia.

Peggy parou a moto na calçada e olhou para os LEDs piscando nos drones. Ela desmontou a motocicleta e olhou para a casa. Não tinha ideia do que havia acontecido aqui, mas sabia que isso estava relacionado ao problema em que se metera com Bobby.

Ela ouviu um carro se aproximando da direção em que tinha vindo. Ela olhou para ele e viu que era apenas um RoboCar. Ela olhou novamente quando o carro diminuiu a velocidade e parou ao lado dela. A janela traseira abaixou e uma mulher oriental de meia-idade olhou para ela.

"Você conhecia Elizabeth?" a mulher disse.

"Trabalhamos juntas."

"Uma coisa tão terrível que aconteceu. Este sempre foi um bairro tão tranquilo".

"Tudo o que ouvi foi que algo havia acontecido com ela. Não tivemos detalhes", mentiu Peggy, esperando mais informações.

"Ela foi assassinada em sua casa. Eu ouvi a polícia dizendo que ela foi esquartejada", disse a mulher, feliz pela chance de contar a história.

"Quando foi isso?"

"Ontem de manhã."

"Obrigada." Ela subiu na motocicleta e ligou o motor.

Quando o carro da mulher seguiu em frente, Peggy deu a volta e voltou pelo caminho que tinha vindo. Ela assumiu o controle manual e acelerou rapidamente. Lágrimas correram por suas bochechas enquanto ela pensava em como era responsável por isso.

"Atenção! Você está excedendo os limites de velocidade de tráfego" disse a motocicleta dela.

Ela ignorou. Sempre foi bom dirigir rápido, e agora ela estava procurando algo para fazê-la se sentir um pouco melhor.

Quando a velocidade excedeu cem milhas por hora, "Atenção! Sua velocidade está na faixa de perigo grave. Desacelere imediatamente".

Peggy desengatou o sistema de segurança e continuou sua aceleração, navegando várias voltas enquanto a adrenalina percorria seu corpo. A emoção e o foco necessários para dirigir a essa velocidade afastaram seus pensamentos da Dra. Elizabeth Cox. Então o BioChip em seu braço esquerdo surgiu em sua mente e ela percebeu que o chip da mulher morta ainda estava dentro dela. Ela olhou para o braço esquerdo quando o horror afundou dentro de si.

Peggy voltou seu foco para a estrada quando um caminhão apareceu e começou a passar por ela. Ambos os veículos estavam em suas próprias faixas, mas a aparição do caminhão foi repentina por causa da velocidade da moto. Ela instintivamente se afastou um pouco e o meio-fio estava a poucos centímetros de distância. Ela corrigiu demais, voltando para a esquerda e perdeu o controle da moto.

Peggy e a moto se separaram uma da outra, enquanto as duas caíam pela estrada e no acostamento gramado a 180 km/h.

Os ossos de seu corpo estavam quebrando, assim como o frasco de vidro na bolsa presa à cintura.

VINTE E TRÊS

A Xerife Lisa Kramer estava sentada no banco da frente de seu carro-patrulha. Ela havia estacionado no estacionamento do colégio local, à sombra de uma grande árvore. Estava mais de 37 graus lá fora, e mesmo com o ar-condicionado soprando com força total, ainda estava quente sob o sol do meio-dia. Hoje não havia outros veículos no estacionamento, porque era sábado.

Lisa segurava um sanduíche atum em uma mão e seu computador de bolso na outra. Ela assistia a um anúncio de um resort nas Bermudas. Amanhã a essa hora, ela estaria viajando para o resort com o marido para a lua de mel. Eles se casaram dois meses antes, mas por causa dos horários de trabalho, tinham adiado a lua de mel até agora.

Ela se casou com Doug depois de namorar com ele por cinco anos. Eles se conheceram na faculdade e ficaram juntos desde então. No dia seguinte, partiriam para desfrutar de dez dias de sol e areia. E hoje, tudo em que ela conseguia pensar era nas Bermudas.

"Tango-seis, emergência", disse o atendente virtual do carro, seguido por três bipes altos do console.

"Vá em frente", respondeu Lisa.

"Aproximadamente na 1650 County Highway 12. Acidente de motocicleta. Motorista possivelmente irresponsiva", informou a voz mecânica do veículo.

Quando Lisa guardou o almoço e confirmou que o sistema de navegação tinha a localização correta, o veículo já havia começado a sair do estacionamento por conta própria. Ela puxou o arnês, em forma de Y, sobre a cabeça e o prendeu à fivela entre as pernas, depois pegou os dois joysticks enormes de cada lado do assento. Eles controlavam a direção, a aceleração e os freios do carro. O carro era capaz de levá-la ao acidente sem a sua contribuição, mas a política do departamento afirmava que os veículos tinham que estar sob controle humano durante condições de condução de emergência.

Ela apertou um botão do lado do joystick esquerdo e as luzes de emergência acenderam e a sirene tocou, aumentando cada vez mais o volume. Ela empurrou os dois controles completamente para a frente, e foi empurrada para trás em seu assento, enquanto o veículo acelerava rapidamente. Seus instrumentos mostraram a ela que, a uma velocidade de 160 quilômetros por hora, levaria pouco mais de três minutos para chegar.

Lisa podia sentir a sensação quando a adrenalina subia por seus sistemas e adorou esse sentimento. Era parte do motivo pelo qual ela permanecia na polícia. Ela saiu de uma curva e seu veículo, que estava em comunicação com vários satélites, informou que ela estava a um quilômetro e meio de distância, e que não havia outros veículos em seu caminho. Ela apertou um botão no controle manual e aumentou sua velocidade em 80 quilômetros por hora. Estava tão concentrada em dirigir que nem notou que o console a atualizava com a nova hora de chegada.

Após cerca de um minuto e meio, o console disse: "Aproximando-se da cena. Comece a desacelerar".

Lisa puxou os controles manuais e desacelerou. Ela podia ver dois RoboCars estacionados ao lado da estrada. Os ocupantes estavam do lado de fora, examinando a carnificina. Dentro de alguns segundos, parou e liberou seu cinto de segurança. Ela saiu do veículo e ficou impressionada com o tamanho da área de destroços. As primeiras partes da moto destruída eram seu para-choque, que se estendia por cerca de cem metros adiante. Não era necessário um investigador de acidentes para determinar que a motocicleta estava indo extremamente rápido.

Ela viu a motorista deitada de bruços na grama, perto da estrada. Seu corpo sofreu uma grande quantidade de dano no acidente. Quando Lisa se aproximou, percebeu o cheiro de combustível derramado e ouviu o triturar dos pedaços de detritos sob suas botas. Ela se abaixou e pegou um dispositivo do cinto, pressionou a extremidade com duas pontas de metal contra a testa da vítima e o manteve por quinze segundos. Ela levantou-se e olhou para a leitura. Não havia atividade cerebral.

Lisa pressionou o pequeno dispositivo conectado ao colarinho e falou: "Tango-seis".

"Vá em frente, Tango-seis."

"EMS lento para não emergência. DOA."

A Xerife Kramer voltou ao corpo. Havia algo em volta da mão esquerda da motorista. Ela pegou e viu que era uma faixa de malha. O material era familiar para todos os policiais. Bandas como essa costumavam ser usadas para ocultar o sinal de um BioChip, para alguém que não queria que sua identidade fosse determinada pelos scanners. Parecia a Lisa que a malha estivera no braço e tinha sido puxada para baixo durante o acidente.

Lisa pegou o mesmo scanner usado anteriormente e alterou a configuração para ler BioChips, depois examinou o corpo, na esperança de identificar a jovem. Ela ficou mais do que um pouco surpresa quando recebeu duas respostas. Embora não fosse ilegal mascarar o sinal de um BioChip, era suspeito. Mas usar um falso BioChip era crime. No entanto, ninguém seria processado neste caso.

Ela olhou para os dois nomes na tela. O primeiro foi Peggy Wilson. O nome e os dados que voltaram sobre ela não significavam nada para a policial. Mas o segundo, Elizabeth Cox, significava. Ela ouviu falar sobre esse caso. Ela foi vítima de assassinato e agora parecia que seu BioChip havia sido roubado durante o ataque. Essa chamada de acidente estava ficando cada vez mais interessante.

A única outra coisa que chamou a atenção de Lisa foi uma bolsa amarrada na cintura da motorista. Ela abriu o zíper da bolsa e alcançou seu conteúdo. Ficou um pouco distraída ao fazer isso, pensando na conexão com a vítima de assassinato. Sentiu algo molhado nos dedos e puxou a mão, percebendo que deveria ter sido mais cautelosa. Ao mesmo tempo, um pequeno pedaço de vidro cortou seu dedo.

VINTE E QUATRO

Lisa Kramer rolou na cama. O marido dela, Doug, havia acabado de silenciar o atendente virtual, que os acordara conforme programado. Geralmente ela acordaria mais cedo, animada para sair para sua viagem às Bermudas. Mas hoje ela só queria rolar e voltar a dormir. Sua cabeça latejava e ela pensou que poderia estar com uma febre baixa.

Ela esperou até ouvir Doug sair do chuveiro e forçou-se a se levantar. Se sentiu tonta no começo, depois, a tontura desapareceu quase imediatamente. A recém-casada engoliu alguns remédios para gripe e febre com um punhado de água que pegou da pia do banheiro. Depois, para garantir que não os esquecesse, Lisa colocou o restante dos comprimidos na bolsa de mão antes de tomar banho.

Depois de se secar, ela removeu e descartou o curativo úmido que cobria o corte que havia feito no dedo no dia anterior. Decidiu que se sentia um pouco melhor e se forçou a se mexer. Não havia como ela deixar uma doença menor arruinar seus planos de lua de mel. Vestiu uma roupa casual, que seria confortável para viajar, e descobriu que Doug já estava com a bagagem na porta e segurava uma xícara de café enquanto descia as escadas.

"Querida, você está se sentindo bem?" ele disse. "Você está parecendo um pouco rouca."

"Eu acho que estou pegando alguma coisa. Tomei alguns remédios. Não se preocupe. Isso não vai atrapalhar nossa viagem."

"Ok, me fale se houver algo que eu possa fazer."

"Vou tentar dormir um pouco no avião e espero me sentir melhor."

Às 7:00 da manhã, um carro parou no meio-fio em frente à sua modesta casa, localizada em uma subdivisão da classe média. O casal saiu da casa e se aproximou da porta traseira do veículo, que havia aberto automaticamente para eles.

Uma voz computadorizada de dentro do carro disse: "Estou aqui por Lisa e Doug Kramer".

"Somos nós", disse Doug. "Por favor, abra o porta-malas."

Quando o porta-malas se abriu, Lisa entrou no carro e Doug guardou a bagagem antes de entrar. Quando entraram, o veículo os examinou, suas identidades foram confirmadas e as informações de pagamento recebidas.

"Seu destino mudou, Sr. Kramer?"

"Não. Aeroporto."

Doug abraçou a recém-esposa, segurando e confortando a mulher doente. Ao fazê-lo, ele inalou repetidamente um pouco do ar que ela exalava. Ele nunca suspeitou que dentro de quatro dias estaria morto. Ironicamente, Lisa Kramer, que acabaria sendo conhecida como paciente zero, a primeira pessoa infectada, seria um dos 16% dos infectados que sobreviveriam.

Lisa dormiu durante os quarenta minutos de carro

até o aeroporto. Quando eles chegaram, ela se sentia pior, mas se forçou a seguir em frente. Todas as informações de bilhetes e cartões de embarque foram digitalizadas diretamente de seus BioChips. Havia uma pequena etiqueta eletrônica em cada peça da bagagem que ligava as malas diretamente ao proprietário. A companhia aérea examinaria cada mala e o destino pretendido do proprietário, informações de contato, endereço e localização atual seriam disponibilizados.

Doug colocou cada item de bagagem em uma correia transportadora e observou como era levada, esperançosamente, para encontrá-las em seu destino. A segurança estava lenta naquele dia, e cada passageiro aguardava sua vez de atravessar o conjunto de scanners. As pessoas se amontoaram, todas se aproximaram bastante durante o processo, e mais de vinte pessoas passaram a menos de um metro de Lisa.

Assim que o casal foi liberado pela segurança, seguiram para o portão, onde um agente os examinou novamente, para verificar se estavam na área correta. No pouco tempo em que estavam no aeroporto local, Lisa conseguiu infectar doze funcionários do aeroporto e cinquenta e seis passageiros. Havia também quatro pessoas que seriam infectadas enquanto andavam no RoboCar que transportou os Kramers naquela manhã.

Dos doze funcionários do aeroporto infectados, nove deles trabalhariam amanhã, onde infectariam seiscentos e setenta e quatro outros passageiros, que levariam a infecção pelo X-5207 ainda mais longe. No entanto, esse não foi o problema mais significativo.

Lisa e Doug tinham uma escala de duas horas em Atlanta, antes do voo para Bermudas. Lisa tentou dormir, mas estava inquieta. Eventualmente, ela não aguentou mais ficar sentada.

"Aonde você vai?" Disse Doug.

"Eu só preciso esticar minhas pernas. Espero que me movimentar um pouco ajude".

"Você quer que eu vá com você?"

"Não, eu estou bem. Volto em alguns minutos."

"Ok, não demore muito. Você precisa economizar suas forças".

Lisa se afastou da área de embarque e desceu o saguão. Havia uma grande multidão reunida no portão vizinho. Havia um avião apenas começando a embarcar, e essa multidão estaria no próximo voo saindo deste portão. Os que estavam reunidos aguardavam a disponibilidade dos assentos na área de embarque.

Enquanto Lisa passava pela multidão, ela ouviu algumas crianças discutindo como estavam indo para um grande parque de diversões e se divertiriam nos passeios até tarde da noite. Eles estavam empolgados e discutiam tudo o que queriam fazer enquanto estivessem lá. Mal sabiam as crianças que sua presença naquele parque, agora que estavam infectadas, contribuiria significativamente para acelerar a propagação da doença.

Depois de atravessar a multidão, Lisa parou em uma loja, foi até o refrigerador e retirou duas garrafas de água. Agora ela estava exausta e queria descansar novamente. Saiu pela porta, onde um scanner leu seu BioChip e aceitou o pagamento pela água.

Durante seu tempo em Atlanta, Lisa infectou 362 pessoas. Além dos que foram para o parque de diversões, ela também encontrou muitos que estavam viajando internacionalmente. Embora os infectados não fiquem contagiosos por doze horas, muitos deles viajavam a trabalho e retornavam por Atlanta e outros centros.

Uma das principais realizações da Argon Technologies foi diminuir o período entre a infecção e o contágio. Eles conseguiram muito bem.

Em três dias, as infecções por X-5207 haviam eclodido em dezoito países. E dentro de uma semana, havia apenas quatro países que não tinham nenhum caso documentado da doença.

VINTE E CINCO

O AVIÃO POUSOU NO AEROPORTO INTERNACIONAL Wade, na cidade de St. George, na ilha das Bermudas. Para a maioria das duzentas e trinta pessoas no avião, a viagem ocorreu sem intercorrências. Mal sabiam que enquanto estavam sentados em seus assentos, estavam sendo atacados no nível microscópico e uma sentença de morte foi proferida para todos, exceto quarenta e dois deles. Além dos dois membros da tripulação de voo, designados para a retaguarda da aeronave, apenas sete outras pessoas perceberam que havia algo errado com a mulher no assento 31D.

Lisa dormiu a maior parte da viagem, nem acordando para o serviço de bebidas. Quando a aeronave pousou, Doug a ajudou a se levantar e carregou sua mala quando ela saía do avião sozinha. Quando chegaram à área de bagagens, ela se sentou, cansada demais para ficar em pé, enquanto Doug esperava ouvir seus nomes sendo chamados.

"Doug e Lisa Kramer, compartimento 94", anunciou o sistema, e Doug caminhou até uma fileira de compartimentos de bagagem.

Eles lembravam armários enormes do ensino médio. Ele foi ao compartimento com seu número para recolher as malas. Cada bagagem foi entregue em uma gaiola de aço que subiu do chão e entrou no compartimento numerado. A gaiola de aço permaneceu fechada até o BioChip de Doug ser detectado. Ao seu redor, outros estavam pegando suas malas enquanto se levantavam. Os nomes e números dos compartimentos eram anunciados pelo sistema a cada poucos segundos, em vários idiomas, com base na preferência na reserva da companhia aérea.

Doug tirou as malas e, assim que a porta se fechou, a gaiola desceu no chão. Quando ele voltou até Lisa, outro conjunto de malas havia aparecido no compartimento 94 e outro nome foi anunciado, desta vez em alemão.

Doug estava tão preocupado que não notou o anúncio do compartimento de bagagem que antes era dele. Em vez disso, ele estava focado em sua nova esposa. Ele conhecia Lisa há muitos anos e a vira doente várias vezes, mas nunca assim. O suor encharcava seu corpo e ela estava mortalmente pálida. Durante o voo, ela desenvolveu uma tosse profunda e estridente. E ela parecia estar se concentrando muito para manter-se ereta no banco.

"Querida, você está bem?"

"Claro." Lisa respondeu, ficando instável de pé.

"Acho que devemos levá-la a um hospital. Você está piorando."

"Não." Ela respondeu com firmeza. "Apenas me leve ao resort. Uma soneca na beira da piscina e vou me sentir melhor".

Doug concordou com relutância. Ele poderia ter se esforçado mais quanto ao hospital, mas queria descansar também. Ele estava com dor de cabeça desde que saiu do avião e se sentia exausto.

Ajudá-la a chegar na área de espera de táxi, enquanto puxava sua bagagem, foi um desafio para ele. Eles esperaram apenas alguns minutos por um táxi, e Doug ficou surpreso ao ver que era um veículo muito mais antigo. Havia até um motorista para o carro, que os ajudou com suas malas, e Doug ajudou Lisa a entrar no banco de trás para a viagem de vinte minutos até o resort. No caminho, Doug segurou a esposa e observou o motorista. A última vez que ele esteve em um carro com motorista, havia sido quando ele era criança. Foi interessante ver alguém operando o veículo.

"Bem-vindo às Bermudas. Meu nome é Abnon. Vocês vêm dos Estados Unidos?" O motorista perguntou.

"Sim, dos Estados Unidos", respondeu Doug, esperando que o motorista não falasse demais.

"É sua primeira vez aqui?"

"Sim. Estamos aqui na nossa lua de mel."

"Oh, lua de mel. Parabéns. Parece que voar não combina com sua nova esposa".

"Obrigado. Não, ela não está se sentindo muito bem."

"Tenho certeza de que, com um pouco de sol e diversão, ela voltará a si mesma em pouco tempo."

"Acredito que sim."

Doug relaxou quando a conversa parou por alguns minutos.

Infelizmente, recomeçou quando eles entraram em uma rodovia.

"A maioria das pessoas dos Estados Unidos acha estranho me ver dirigindo. Vocês não têm mais carros com motoristas, certo?"

"Isso é verdade. Carros com motoristas são muito incomuns lá."

"Estamos mudando lentamente. Estamos cerca de dez a quinze anos atrás de vocês. Cerca de setenta e cinco por cento dos carros aqui são totalmente automatizados. Ou como vocês chamam, RoboCars. Em breve, precisarei encontrar um novo emprego".

Doug não queria ser grosseiro, mas também não queria mais falar, então ficou calado e apenas segurou a esposa doente.

Quando o motorista os deixou, entraram no saguão ornamentado, que estava extremamente lotado. Muitas pessoas ainda estavam fazendo checkout e havia ainda mais esperando para fazer o check-in. Felizmente, o processo de check-in avançou rapidamente. Assim que Lisa e Doug se aproximaram do balcão, seus BioChips foram escaneados.

Uma voz computadorizada disse: "Bem-vindos, Sr. e Sra. Kramer. Por favor, apresentem seus computadores de bolso."

Doug puxou o dele e olhou para Lisa.

Ela balançou a cabeça. "Mais tarde", disse ela, em um tom fraco.

Doug estendeu a mão e a voz computadorizada disse: "Obrigado. As instruções para o seu quarto, juntamente com uma lista de todas as atividades e comodidades, foram enviadas para o seu computador. A partir dele, você terá acesso à pesquisa ou reserva de qualquer atividade dentro da propriedade. Vocês estão no quarto B16 e a fechadura da porta foi sincronizada com o seus BioChips. Vocês têm alguma pergunta?"

"Você tem um médico no local?", disse Doug.

"Sim, há um médico de plantão vinte e quatro horas por dia. Você precisa vê-lo?"

Lisa respondeu: "Não, isso não é necessário".

A teimosia era uma característica que Doug geralmente apreciava em relação à esposa, mas não hoje.

Olhando para o computador, ele os guiou pelo saguão e por um caminho que os levaria além da piscina principal e até seu prédio. Enquanto estavam no saguão lotado, passaram a seis metros de sessenta e duas pessoas. Não muito perto, mas perto o suficiente, agora que a tosse havia se desenvolvido.

Estavam do lado de fora, no andar superior, na parte de trás do saguão. De lá, eles podiam ver grande parte do resort, e a vista era incrível. Palmeiras magníficas e várias belas piscinas estavam visíveis, com o Oceano Atlântico ao fundo. Doug tinha visto essa visão no folheto on-line, mas não era nada comparado a estar lá.

"Veja. Não é incrível?" ele disse.

"Uh-huh", respondeu Lisa, sem se interessar pela vista majestosa.

Doug ficou impressionado com a esposa. Ele não achava que ela chegaria até o quarto, mas ela continuou. A porta se abriu quando eles se aproximaram, e ele a ajudou a entrar, sabendo que sua bagagem chegaria em breve. Ele a levou até a cama e a ajudou a se sentar.

"Você quer descansar aqui ou na piscina?" ele disse.

"Aqui", respondeu Lisa, com uma voz fraca.

"Antes, você disse que queria descansar à beira da piscina."

"Aqui."

"OK. Vou te ajudar".

"Obrigado. Eu sinto muito. Me sinto tão mal".

"Eu sei. Você tente dormir. Eu posso pegar algo para comer".

"Está bem. Eu te amo."

"Eu também te amo. Você quer que eu traga algo para você comer?"

"Acho que algo pequeno e uma bebida", respondeu Lisa, sabendo que não tinha comido nada hoje.

"Tudo bem, eu já volto. Agora, descanse um pouco".

VINTE E SEIS

Doug observava a esposa enquanto ela dormia e queria ficar no quarto para que ele pudesse estar lá se ela precisasse de algo. Ele até considerou pedir serviço de quarto. Mas sabia que seria barulhento e ela poderia não dormir o que precisava.

Então, o marido saiu do quarto e seguiu para o restaurante principal. O buffet deveria ficar aberto por mais uma hora e meia. Atravessando o terreno, Doug ficou preocupado porque também se sentia um pouco mais frio e cansado. Depois do almoço, ele se juntaria a Lisa para tirar uma soneca.

Entrou no restaurante e se alinhou com dezenas de outros turistas, sem perceber que o período de incubação havia progredido até o ponto em que ele também estava contagioso. Doug olhou para toda a comida do amplo buffet e ficou impressionado com a variedade e quantidade. Em qualquer outra ocasião, ele teria adorado a oportunidade de experimentar muitas das opções, mas hoje nada disso o agradava. No final, seu prato permaneceu vazio, exceto por alguns pedaços de frutas tropicais.

Ele se sentou do lado de fora, em uma cadeira reclinável da piscina, e comeu, sentindo-se decepcionado porque parecia que não havia sabor na comida. Ele olhou ao redor do belo resort e para todas as pessoas se divertindo, e tudo o que queria fazer era tirar uma soneca. Sem nem perceber, ele adormeceu, acordando duas horas depois. Ele se levantou, deixou o prato na mesa junto à cadeira e voltou para o quarto, sentindo-se pior do que antes. No meio do caminho, percebeu que havia esquecido completamente de trazer algo para sua esposa.

Quando Doug se aproximou do quarto, a porta se abriu para ele e, ao passar pelo limiar, ouviu a respiração áspera e difícil de sua esposa. Ele caminhou até a cama e viu Lisa deitada de costas e parecendo ainda mais pálida do que antes. Sua respiração estava difícil e parecia que poderia haver líquido em seus pulmões.

"Lisa, acorde!" Ele sacudiu o ombro dela.

Ela não respondeu.

Doug podia sentir o pânico crescendo e tentou forçá-lo a reduzir. "Atendente, emergência médica. Eu preciso de uma ambulância, agora!"

Após uma breve pausa, a voz eletrônica disse: "A equipe de resposta médica está a caminho."

Em apenas alguns minutos, três pessoas entraram correndo no quarto. A primeira tinha um uniforme e um crachá que o identificavam como segurança do resort. Outro homem o seguiu e ele carregava duas bolsas grandes. Seu crachá identificou-o como um paramédico designado para o resort. A terceira pessoa era uma mulher alta e esbelta, com feições árabes. Ela parecia estar na casa dos quarenta.

Ela falou primeiro: "Eu sou a Doutora Krahan. O que aconteceu?"

"Minha esposa ficou doente o dia todo. Ela parecia

estar cada vez pior. Ela só queria dormir depois do check-in e agora não acorda".

Enquanto a médica continuava fazendo perguntas, o paramédico pegou uma embalagem selada, contendo dois dispositivos em forma de disco, da bolsa. Cada um tinha cerca de quatro centímetros de diâmetro. Ele removeu uma tira adesiva da parte de trás de cada um e prendeu um no peito de Lisa e outro na testa dela. As luzes do LED começaram a piscar por vários segundos. Então, um bipe soou, e agora havia apenas uma única luz verde em cada um, e eles estavam piscando em uníssono, o que indicava que os dispositivos estavam se comunicando. O médico tirou uma tela digital de doze polegadas da bolsa e a ativou. Quando os dados dos dispositivos conectados começaram a chegar, ele se aproximou da médica e segurou a tela para que ambos pudessem vê-la.

Os dois médicos se entreolharam, uma mensagem não-dita comunicada.

A Dra. Krahan tocou um dispositivo no colarinho e disse: "Informe a ambulância sobre uma emergência médica de Código Um". Ela olhou para Doug. "Senhor, sua esposa está muito doente. Seus sinais vitais são instáveis. Existe algo mais sobre a doença dela que você possa me dizer?"

Doug balançou a cabeça: "Acho que não. Tudo começou esta manhã, quando ela acordou. Ela só está piorando". Ao dizer isso, sentiu-se tonto e teve que se sentar no canto da cama.

"Senhor Kramer". A Dra. Krahan disse, quando notou a aparente fraqueza e palidez de Doug. "Você está doente também?"

"Acho que sim. Apareceu nas últimas horas mais ou menos. Estou fraco, frio, dolorido e quero dormir."

A médica pegou um dispositivo em forma de caixa com uma máscara e o amarrou no rosto de Lisa. Ela o ligou e, novamente, pegou a tela e começou a digitar comandos. O dispositivo em seu rosto começou a zumbir e se fechou em volta da boca e nariz. Começou a filtrar a maior parte do nitrogênio, dióxido de carbono e outros gases do ar, deixando principalmente o oxigênio, que era absorvido a cada respiração que Lisa respirava. Devido às configurações que ele fez na tela de controle, ela estava agora respirando 75% de oxigênio, em comparação com os 21% normais que estavam no ar ambiente normal. O pequeno aumento na pressão também fez com que sua respiração fosse mais profunda e trabalhou para expulsar os fluidos que estavam se acumulando em seus pulmões.

À medida que os níveis de oxigênio de Lisa estavam subindo, um soro foi iniciado e os fluidos administrados para combater a desidratação que estava se instalando.

"Mike, me dê outro conjunto de transponders, por favor", disse a Dra. Krahan.

O paramédico olhou para a médica enquanto pescava outro conjunto da bolsa e notou que ela estava examinando o marido da mulher. Logo, ele também tinha os dispositivos na cabeça e no peito, que enviavam os dados para a tela da médica.

A médica levantou os olhos da tela. "Senhor Kramer, você também está doente. Vocês dois precisam ser admitidos no Hospital Memorial King Edward VII".

"O quão ruim é isso?" disse Doug.

"Vamos precisar fazer alguns exames. Mas vocês dois precisarão ser hospitalizados por alguns dias, pelo menos."

"Estamos na nossa lua de mel. Era para ser um ótimo momento".

"Sinto muito por isso." Ela puxou uma máscara da maleta médica. "Por favor, coloque isso."

Doug pegou a máscara e olhou para ela, confusão evidente em seu rosto.

"Só até determinarmos se você está contagioso."

Ele assentiu e colocou a máscara.

"Doutora Krahan", disse o atendente virtual da sala, "a ambulância está chegando".

"Entendido. Informe-os que existem dois pacientes. Um grave e outro não".

"Mensagem enviada."

A decisão da Doutora Krahan de colocar uma máscara em seus pacientes os impediu de infectar a equipe do hospital após a admissão. Porém, mais de mil e duzentos pacientes entrariam no hospital para tratamento dos sintomas de X-5207, nos próximos cinco dias, o que permitiu que a infecção invadisse a unidade.

As máscaras não fizeram nada pelas três pessoas que responderam à suíte dos Kramers. As mortes iminentes de Mike, o paramédico e da Dra. Krahan, já estavam determinadas. O oficial de segurança que os assistia passaria os próximos quarenta anos se perguntando por que nunca ficou doente quando quase todo mundo ficou.

VINTE E SETE

UMA SEMANA DEPOIS

Lisa Kramer abriu os olhos. As luzes do quarto eram brilhantes e dolorosas. Sua cabeça doía e sua roupa estava molhada de suor. Ela reconheceu o recipiente de líquido intravenoso acima da cama e pôde sentir onde o cateter entrava em seu antebraço. A máscara de oxigênio irritava seu rosto, então ela a removeu. Este simples ato a cansou, e ela fechou os olhos para descansar.

Na próxima vez em que os abriu, viu uma mulher idosa, com uma máscara cobrindo o rosto, olhando para ela. A máscara de oxigênio estava de volta no rosto de Lisa. A mulher segurava uma tela eletrônica e concentrava-se nas leituras que exibia.

"Por favor, tire." Lisa disse, enquanto pegava a máscara de oxigênio, sua voz seca e rouca.

"Oh, você está acordada. Isso é empolgante! Como você está se sentindo?"

Lisa percebeu que a voz pertencia a mulher idosa.

"Muito cansada e com sede. Posso beber um pouco de água?"

A mulher tinha uma expressão pensativa. "Acho

que sim. Eu realmente deveria perguntar a um médico ou enfermeiro, mas isso não é tão fácil."

"Você não é minha enfermeira?"

"Eu? Não. Eu era enfermeira aqui, mas me aposentei há quase vinte anos. Eu só vim me voluntariar quando as coisas ficaram tão lotadas. Você pode me chamar de Maggie. Acho que sua enfermeira ficou doente. Não tenho certeza se você tem uma agora."

Enquanto Maggie falava, Lisa percebeu que estava em um quarto lotado. Parecia ser uma enfermaria para quatro pessoas, mas havia facilmente o dobro disso aqui. Algumas pessoas estavam em camas e outras em macas portáteis.

"Eu não entendo. O que está acontecendo? Há quanto tempo estou aqui? Onde está meu marido, Doug?"

Maggie ficou confusa por um minuto. Então, ela percebeu que Lisa não estava ciente do que estava acontecendo. Com tristeza evidente em sua voz, ela contou a notícia horrível: "Há uma doença terrível varrendo a ilha. Parece que está em muitos outros lugares do mundo também. Houve milhares de doentes, aqui mesmo na ilha. A maioria dos funcionários do hospital adoeceu, muitos estão mortos. O hospital está funcionando com voluntários. Acredito que você foi uma dos primeiras a adoecer. Seu prontuário indica que você está aqui há cerca de uma semana. Você tem sorte de ter sobrevivido. Na verdade, acredito que você é a primeira que melhorou muito. Quase ninguém sobrevive".

"Isso é horrível. Não acredito que tenho dormido com tudo isso. Faz uma semana que estou aqui?"

"É o que diz o seu prontuário."

"Doug. É meu marido Ele está doente?" Lisa ficou aterrorizada ao ouvir a resposta.

"Estou trabalhando aqui há três dias e não ouvi nada sobre ele. Vou verificar para você."

Quando Lisa acordou novamente, outras doze horas se passaram. Ela pressionou a luz de chamada e esperou mais de quinze minutos, antes de um homem alto e magro entrar. Ele também usava uma máscara, que escondia suas feições faciais.

"Olá, Senhora Kramer. Eu sou o Andrew. Sou um pastor local que veio para ajudar como puder."

Lisa assentiu. "Você sabe alguma coisa sobre meu marido? Ele está doente?"

"Seu marido ficou doente. Ele foi internado na mesma época que você. Vocês dois foram os primeiros casos desta terrível doença. Sinto muito, mas ele faleceu há quatro dias."

Lisa começou a chorar histericamente. Andrew pegou a mão dela e não disse nada. Ele sabia que era muito cedo para as palavras serem de algum conforto. Este pastor entendia como as pessoas respondem a essas notícias. Ele se tornara um especialista, tendo dado notícias semelhantes centenas de vezes nos últimos dias.

Por causa de sua condição enfraquecida, Lisa logo voltou a dormir. Levaria várias horas antes que ela enfrentasse novamente a tragédia e o desespero em que seu mundo se metera.

Levou mais três dias antes que ela pudesse sair da cama sozinha. Até então, quase não havia tráfego aéreo não-militar, pois as nações tentavam controlar a propagação da doença. Por causa disso, ela achou impossível obter transporte de volta para os Estados Unidos.

Durante a semana seguinte, ela ficou no resort, agora quase vago, e trabalhou como voluntária no hospital. Como ela não corria mais o risco de contrair a doença, não precisava das máscaras que todos os outros não-infectados usavam.

Todos os hospitais estavam compartilhando qualquer informação sobre o combate à doença, e uma tarde, Lisa foi convocada para atender um telefonema.

"Esta é Lisa."

"Lisa, aqui é Courtney Chelton. Estou com o CDC em Atlanta".

"Ok. O que posso fazer por vocês?"

Lisa estava exausta. Sua força ainda estava voltando e ela trabalhou no hospital pelas últimas 14 horas.

"Estamos trabalhando para tentar entender as origens desse surto. Pedimos a todos os hospitais que nos avisassem quando recebessem seus primeiros pacientes doentes. A partir das informações que temos do King Edward Hospital, você e seu marido foram possivelmente os primeiros casos documentados da doença. Você foi internada cerca de nove horas antes do paciente seguinte. Aquele paciente era funcionário do aeroporto no Arizona, no aeroporto de onde você voou. O fato de você ter sido o primeiro caso documentado e, estranhamente, também uma sobrevivente, a torna muito interessante para nós. Queremos enviar vários questionários eletrônicos para preencher. Também gostaríamos que você colhesse sangue. De alguma forma, teremos que obter esse sangue aqui para testá-lo. É possível que ele forneça algumas respostas necessárias."

"Senhorita Chelton, estou mais do que disposta a cooperar. Mas estou presa nesta ilha e não consigo obter informações sobre quando posso ir para casa. Você me leva de volta aos Estados Unidos e eu lhe darei sangue e preencherei seus questionários".

"Isso não é algo que eu possa autorizar. Mas realmente precisamos dessa informação. Poderia ajudar a salvar vidas".

"Assim que voltar aos Estados Unidos, você saberá onde me encontrar. Tenha um bom dia."

Lisa desconectou a ligação e esperava que não tivesse sido muito dura. Ela realmente queria ajudar, mas precisava sair desta ilha. Esperava que isso fizesse acontecer. Ela entendeu que qualquer que fosse a doença com a qual acordara, pouco antes de partir em sua viagem, era a causa de tudo isso e queria respostas.

Dois dias depois, Lisa embarcou em uma pequena aeronave de transporte da Força Aérea dos Estados Unidos e voltou a seu país. A lua de mel dela foi um desastre, o marido dela estava morto e ela nem tinha um corpo para enterrar.

VINTE E OITO

A Presidente Abby Russell entrou na Sala de Situação, no porão da ala oeste da Casa Branca. Quando entrou, todos na sala se levantaram. Ela sentou-se à cabeceira da mesa, com o selo presidencial na parede atrás dela.

"Por favor, sentem-se", disse ela.

Um administrador da Casa Branca colocou uma xícara de café na frente dela. Eram quatro da manhã e ela havia acabado de sair desse banco cinco horas antes. Desde que a crise começou, ela passava grande parte do tempo nesta sala. Nos últimos três dias, eram as mesmas pessoas abatidas aqui com ela. A Casa Branca estava trancada. Ninguém estava indo ou vindo, pois eles esperavam manter a epidemia fora do prédio.

Ao redor da mesa, estavam o Diretor Assistente de Segurança Nacional, o Conselheiro de Segurança Nacional, o Chefe de Gabinete e o Presidente do Estado-Maior Conjunto. Também estava sentada com eles Joan Marshall, que era contratada pelo Centro de Controle de Doenças (CDC), em Atlanta. O CDC a designou para ser o contato da Casa Branca durante a crise. Ela chegou pouco antes do bloqueio entrar em vigor.

No grupo de monitores, no lado oposto da mesa da Presidente, havia quatro pessoas nas telas. Eles haviam se conectado remotamente à reunião. O primeiro era Kobe Richards, Diretor de Segurança Nacional. Ele não conseguiu chegar à Casa Branca antes do bloqueio. Também em uma tela estava o General Dwain Peck, diretor do Instituto de Pesquisa Médica do Exército dos Estados Unidos em Doenças Infecciosas (USAMRID), localizado em Fort Detrick, Maryland. As duas últimas telas foram ocupadas pela Dra. Evelyn Baxter, diretora do CDC, e a pessoa final era nova nessas reuniões e parecia nervosa.

"Qual é o status atual?" disse o presidente Russell.

"Não há muita mudança", respondeu a chefe do CDC.

Como diretora do CDC, a Dra. Evelyn Baker, uma mulher afro-americana alta e magra, estava sempre confiante e bem-preparada. Ela era geralmente a pessoa mais inteligente da sala, e todo mundo sabia disso. Hoje, na tela do vídeo, parecia abatida e derrotada.

"O surto ainda está se espalhando como fogo", disse ela. "Ele agora foi oficialmente reconhecido como uma pandemia global. Estamos no décimo dia desde que o primeiro caso foi relatado. Recapitulando, era uma cidadã americana de férias nas Bermudas. Parece que ela foi infectada antes de viajar e ainda está viva e melhorando. Vamos evacuá-la da ilha hoje e levá-la para exames. No momento, estamos olhando para ela como paciente zero. Curiosamente, ela também é uma das poucas a sobreviver. Esperamos aprender algo estudando-a."

"A doença está desenfreada em todas as nações, e nada até agora teve qualquer efeito. Estamos obtendo dados melhores e parece que é um patógeno sintético ou artificial. Parece que aproximadamente 15% da população tem alguma imunidade natural e não está em risco. Estamos analisando isso. É possível que isso nos ajude a encontrar uma cura. Além disso, cerca de 16% dos infectados parecem superá-la por conta própria. O resto não sobrevive."

A presidente balançou a cabeça. "Precisamos descobrir algo. Precisamos ficar à frente disso."

"Está se movendo rápido demais", disse Evelyn Baker. "Sem algum tipo de intervalo, não vamos chegar à frente."

A sala ficou em silêncio por alguns segundos, enquanto as notícias ameaçadoras da Diretora do CDC eram assimiladas.

"Presumo que, como estamos aqui a essa hora inicial, há algo novo?" o presidente disse.

"Sim, Senhora Presidente, existe", respondeu o General Peck da USAMRIID. "Finalmente identificamos com o que estamos lidando e sabemos de onde veio."

Isso gerou entusiasmo ao redor da mesa e nas telas de visualização.

Depois de alguns segundos, "Calma!" disse o presidente. "Deixem o General falar."

"Obrigado, senhora Presidente. A epidemia foi causada pelo que é conhecido como X-5207. É uma biotoxina armada sintética experimental. E esta é a parte perturbadora – é nossa."

O pandemônio entrou em erupção novamente, com todos gritando perguntas. Desta vez, o General

Peck gritou através da sua linha de conferência para que todos se acalmassem.

"General, você está dizendo que isso é algo pelo qual sua equipe em Fort Detrick é responsável?" a presidente rosnou.

"Não senhora, de jeito nenhum. Pelo nosso, quero dizer que ele se originou nos Estados Unidos. A chamada conosco é do Doutor Jake Dexter. Ele é o diretor da Argon Technologies. Seu laboratório é o local onde o X-5207 se originou."

"Doutor Dexter, exatamente o que a sua empresa faz?" a Presidente perguntou, a raiva ainda aparente em sua voz.

"Senhora Presidente, fomos contratados pelo governo dos Estados Unidos para pesquisar patógenos biológicos sintéticos".

"Especificamente, para que parte do governo dos Estados Unidos você trabalha?", a Presidente perguntou.

"Senhora, essa informação é confidencial."

Pondo-se de pé, a Presidente gritou na tela: "Não é confidencial para a Presidente e o Conselho de Segurança Nacional!"

"Não, senhora, acho que não." O Dr. Jake Dexter respirou fundo. "Fomos contratados pelo Departamento de Defesa para trabalhar com biopatógenos sintéticos. É um projeto negro. Duvido que alguém na sala com você saiba dele".

A Presidente olhou furioso para o Presidente do Estado-Maior Conjunto, Marcus Quimby, que balançou a cabeça e deu um leve encolher de ombros.

O Diretor da USAMRIID, General Peck, disse: "Então a Argon Technologies está fazendo um trabalho fora do comum para o DD e está produzindo biopatógenos sintéticos, mesmo que isso seja contra a lei internacional?"

Houve uma longa pausa.

"Sim, é isso que estamos fazendo", admitiu finalmente o Dr. Jake Dexter.

"Qual era o caso de uso pretendido para este X-5207?" disse o Conselheiro de Segurança Nacional.

"A ideia era que poderia ser usado contra uma população inimiga para dizimá-la e remover sua capacidade de lutar. Era tudo experimental. Que eu saiba, não havia nenhum plano para usá-lo. Só para ter como uma opção possível."

Houve outra pausa.

Em seguida, a diretora do CDC disse: "Como seu experimento vazou?"

"Onze dias atrás, houve uma parada parcial de energia em nossas instalações, para manutenção. Uma técnica de laboratório se aproveitou da situação. Quase não havia ninguém no local e muitos sistemas de segurança estavam inoperantes. Ela acessou o laboratório e roubou um frasco de X-5207. Ela fez um bom trabalho escondendo seus rastros e não tenho certeza de quanto tempo levou para percebermos o roubo. Mas, quando começamos a ouvir mais e mais sobre o surto, e como os sintomas refletiam o que vimos no laboratório em modelos de computador, solicitei uma inspeção completa de todas as amostras do X-5207. Foi quando descobrimos que o conteúdo de um frasco havia sido substituído por solução salina e percebemos que o surto começou com nossa amostra. Lembrem-se de que isso nunca deveria sair de um ambiente de laboratório. Era apenas para testes e pesquisas."

"Então, como isso se conecta ao paciente zero?" a presidente disse.

Joan Marshall, a ligação do CDC com a Casa Branca, falou pela primeira vez. "Senhora, nós conectamos esses pontos. A paciente zero, hospitalizada nas Bermudas, é uma policial no Arizona, a apenas duas cidades do laboratório de Argon. A pessoa que roubou a amostra morreu em algum tipo de acidente de trânsito, logo após o roubo da arma biológica. A paciente zero foi a responsável pela resposta a esse acidente. Estamos presumindo que ela foi infectada naquele momento."

Houve uma longa pausa enquanto todos digeriam as informações e, em seguida, a presidente disse: "Doutor Dexter, você criou a arma biológica mais mortal do mundo e nunca pensou em criar um antídoto ou vacina?"

"Não, senhora, isso não é verdade. Nós temos uma vacina".

A sala inteira ficou em silêncio.

"Já existe uma vacina e estamos ouvindo sobre isso agora!" gritou o Diretor de Segurança Interna.

Defensivamente, o Dr. Dexter respondeu: "Acabamos de concluir nossa auditoria do X-5207 algumas horas atrás. Acabamos de saber que o surto se originou daqui."

"Quantas doses da vacina existem?" alguém perguntou.

"Agora existem oitocentas doses disponíveis. Há um avião militar pousando nos próximos minutos para transportá-las para o CDC. Também enviei todas as informações sobre como a vacina é produzida, para o CDC, e espero que possamos enviá-las para todas as empresas farmacêuticas do planeta."

"Doutor Dexter, você diz que existem oitocentas doses disponíveis", disse a diretora do CDC. "Foi tudo o que você produziu?"

"Não. Havia mil doses. Vacinamos imediatamente o que resta de nossa equipe e todos estão em casa vacinando seus familiares não-infectados. Assim que isso for feito, eles voltarão aqui para que possamos trabalhar na produção de mais. Não temos capacidade de produção em massa, mas todas as doses ajudarão."

"Doutor Dexter, você não deveria ter feito isso. Cada dose deveria ter sido revertida. É preciso haver um processo de tomada de decisão sobre quem recebe as primeiras doses", disse Kobe Richards, Diretor de Segurança Nacional.

"Senhor, peço desculpas por muitas coisas, mas não por isso. Parte do acordo com minha equipe quando eles foram mandados para casa com a vacina, foi que eles retornassem imediatamente para começar a trabalhar na criação de mais."

"Basta. Está feito", disse a Presidente. "Faremos de tudo para obter o máximo possível da vacina produzida e compartilhar a fórmula da vacina com nossos aliados. Teremos mais discussões sobre como compartilhá-la com todas as nações, mas essa discussão será apenas com o Conselho de Segurança Nacional. Agora, eu preciso saber algo do doutor Dexter. Temos uma vacina para aqueles que não estão doentes. Existe uma estratégia de tratamento ou cura para aqueles que já estão infectados?"

"Sinto muito, senhora Presidente, mas não há. Apenas a vacina para aqueles que ainda não estão infectados. Estávamos apenas começando um tratamento. Ainda falta um ano ou mais."

VINTE E NOVE

CINCO DIAS DEPOIS

ERA DE MANHÃ CEDO E O MESMO GRUPO HAVIA SE reunido novamente em volta da mesa comprida na sala de conferências John F. Kennedy, da Casa Branca, mais conhecida como Sala de Situação. Todos aqui receberam a vacina contra o X-5207, mas ainda não havia vacina suficiente para o restante da equipe da Casa Branca, então o Serviço Secreto ainda regulamentava fortemente quem podia entrar. Ninguém que não havia sido vacinado e não passou vinte e quatro horas sem sintomas tinha permissão para entrar. Todos que entraram no prédio tiveram que passar primeiro por um scanner de diagnóstico, que verificava a temperatura corporal e outros fatores. Qualquer coisa fora da linha de base normal, os levava para uma área de triagem montada nos terrenos da Casa Branca.

"Como estão as coisas esta manhã?" disse a Presidente Abby Russell.

A Diretora do CDC, Dra. Evelyn Baker, respondeu. "No que diz respeito ao surto, estimamos agora que sejam cerca de dois bilhões de pessoas mortas e outras quatro bilhões doentes. Isso representa, aproximadamente, metade da população do mundo e ainda está se espalhando. Toda empresa farmacêutica nos Estados Unidos está trabalhando na replicação da vacina, mas a produção está indo devagar. Muitas das empresas farmacêuticas estão tendo dificuldade em conseguir pessoal. Eles perderam pessoas com o surto e aqueles que ainda são saudáveis não querem se aproximar de alguém que possa estar infectado, e assim, não aparecem para trabalhar. As empresas farmacêuticas estão oferecendo aos seus funcionários o primeiro lote da vacina para fazê-los trabalhar. No entanto, a produção ainda é muito lenta. A maioria dos nossos aliados está relatando problemas semelhantes."

"Falando em aliados", disse o General Marcus Quimby, presidente do Estado-Maior, "estamos ficando rapidamente sem eles. À medida que se espalhou a notícia de que essa pandemia se originou em um sítio financiado pelo governo dos Estados Unidos, nos tornamos um pária internacional. Há protestos em quase todas as instalações militares estrangeiras. Muitas nações, como você sabe, estão exigindo a remoção de todo o pessoal de serviço dos Estados Unidos. Essas nações querem acalmar a multidão tumultuada que se forma. Houve até incursões nas bases dos Estados Unidos e mortes. Estamos preparando planos de evacuação para todas as bases militares fora dos Estados Unidos continentais, para que possamos atrair rapidamente nosso pessoal, se for o caso."

A Presidente assentiu, absorvendo a notícia: "O que mais?"

"Mais uma coisa, senhora", disse o Presidente do Estado-Maior. "Depois de discutir isso, o Secretário da

Marinha ordenou que todos os navios que não estivessem no porto desde que esse surto começou permanecessem no mar. Essas equipes são todas saudáveis. Até que possamos receber vacina suficiente para tratar toda a equipe, não queremos correr o risco de serem infectados."

"Boa decisão", disse a Presidente. "Próximo?"

O Secretário de Estado falou do monitor mais à esquerda. Ele estava viajando internacionalmente no momento do surto e tinha acabado de retornar aos Estados Unidos. Ainda não havia recebido autorização médica para entrar na Casa Branca.

"A decisão de não liberar imediatamente a vacina para nossos não aliados está se mostrando cara. O atraso de quarenta e oito horas na liberação global da fórmula da vacina criou raiva. Muitas nações estão exigindo que limpemos nossas embaixadas. Existem tumultos em muitos locais, e multidões enfurecidas invadiram várias de nossas instalações. Temos três embaixadas que estão queimando, ou que já foram queimadas. Eu recomendo, fortemente, que evacuemos todo o pessoal do Serviço de Relações Exteriores onde houver qualquer desobediência civil, até que tudo passe."

"Faça isso", disse a Presidente Russell. "Evacue ao primeiro sinal de problema. O mesmo para instalações militares no exterior. Não quero que nossas forças se envolvam com manifestantes, exceto quando necessário para se defenderem." Enquanto falava, sentiu o peso no peito novamente.

Ela o experimentou várias vezes nos últimos dias, mas sempre desaparecia em vinte a trinta minutos. Ela não tinha tempo para todas as avaliações médicas que viriam se mencionasse isso, então não contou a ninguém. Estavam em uma crise e ela precisava ficar saudável. Seu país precisava vê-la forte e no controle.

"Nessa linha", disse o diretor de Segurança Interna, "acho que é hora de recuperar a maior parte do nosso pessoal militar no exterior. Também temos protestos violentos aqui em casa. Precisamos proteger as equipes médicas que estão tentando imunizar as pessoas. Precisamos ter mão de obra e demonstração de força, para manter a lei e a ordem. Essa crise já dominou a aplicação da lei local em muitas áreas."

"Não podemos fazer isso sem violar a Lei *Posse Comitatus*", disse o Conselheiro de Segurança Nacional. "O ato proíbe que as forças militares dos EUA sejam usadas como agentes da lei dentro do país."

"Não é verdade", disse o Procurador-geral, de outro monitor. "Primeiro, a Lei *Posse Comitatus* pode ser suspensa se o Congresso concordar. Além disso, a Lei da Insurreição de 1807, foi atualizada em 2006, e novamente em 2072, para permitir o uso de militares em solo dos Estados Unidos nesse tipo de cenário. Não há razão constitucional, ou legal, para não podermos usar forças militares para manter a ordem durante a crise".

O Diretor de Segurança Nacional assentiu. "É assim que eu também vejo. Precisamos dessas tropas aqui para manter a ordem e tentar ajudar na distribuição de vacinas."

O presidente assentiu. "Comece a trazer nossas tropas para casa, conforme apropriado."

"Senhora Presidente, há algumas coisas que devo mencionar", disse Michael Beltman, Chefe do Serviço Secreto.

"Vá em frente, Mike." A presidente parecia letárgica.

"As multidões que se reúnem do lado de fora da Casa Branca e do Capitólio, estão crescendo e se tornando mais estridentes. Acho que em breve poderemos pensar em levá-la a um local mais seguro. Além disso, acabei de receber notícias dos detalhes de proteção do Vice-Presidente. O Vice-Presidente está doente. Ele está agora em quarentena no Walter Reed National Medical Center. As primeiras indicações são de que é o X-5207. Ele foi vacinado ontem à noite. O pensamento é que ele foi infectado antes de ser vacinado."

À medida que mais e mais notícias horríveis eram relatadas, a Presidente ficava cada vez mais desanimada. Logo, ela estava apenas assentindo silenciosamente.

TRINTA

SEIS DIAS DEPOIS

A AERONAVE ULTRAMODERNA, CONHECIDA COMO Air Force One, aterrissou em uma instalação militar não revelada, no centro dos Estados Unidos. Houve um atraso na partida porque o copiloto, que estava de prontidão para voar, voltou para casa doente.

Quando a evacuação da Presidente e de sua família da Casa Branca terminou, tiros ecoaram. Agentes carregando rifles avançados de energia os cercaram enquanto corriam para a aeronave que os levaria a segurança. Os relatórios que ouviram do Serviço Secreto disseram que havia várias violações na cerca em torno da propriedade. Eles saíram bem a tempo.

Ao sair do Air Force One, a Presidente e seus conselheiros embarcaram em veículos blindados, que os levaram por cento e cinquenta metros até um complexo reforçado, que serviria como um centro de comando temporário. Outros agentes levaram a família da Presidente a uma área de habitação, que havia sido liberada para a Primeira Família.

A Presidente Abby Russell teria sua transmissão ao vivo diária para o país em apenas vinte minutos.

Ela começou a fazê-las desde que a magnitude da crise ficou conhecida. Quando entraram na grande sala de conferências, os preparativos ainda estavam em andamento. A instalação do equipamento de telecomunicações estava acabando de ser concluída, e assentos adicionais continuavam a ser configurados.

Todo o trabalho parou, e os trabalhadores ficaram atentos, quando a Presidente exausta entrou na sala. "Por favor, continuem", disse ela.

Todo mundo percebeu como sua voz estava baixa e cansada.

A Presidente sentou-se à mesa e seus assessores se juntaram a ela. Eles a atualizaram sobre os desenvolvimentos durante o voo.

"O que há de novo?" ela disse. "O que está acontecendo em Washington?"

Seu chefe de gabinete respondeu: "Os manifestantes entraram na Casa Branca e há relatos de incêndios. O mesmo acontece com o Capitólio. As forças armadas e as forças da lei estão usando força mortal para acabar com os manifestantes, mas isso é apenas eficaz."

A Presidente Russell começou a falar e depois hesitou ao sentir a dor no peito retornar. Ela se concentrou e continuou.

"O Congresso deveria estar se reunindo. Eles tentariam se encontrar hoje para discutir minha indicação do Senador Willard como o novo vice-presidente. Todo mundo saiu do Capitólio antes que os manifestantes entrassem?"

"Não tenho certeza, senhora. Há muita confusão agora para obter detalhes."

"Com mais da metade das duas casas do Congresso nos deixando pela doença, os que podiam, iam tentar estar lá para a discussão. Não podemos continuar a perder nossa liderança assim."

"Eu concordo, senhora. Estamos diante de uma verdadeira continuidade da crise do governo. Dos vinte sucessores do Presidente, sabemos que doze estão mortos, e só podemos localizar três deles no momento. E eles são membros do gabinete que estão bem abaixo da linha."

"OK, podemos voltar a isso. Como estão as imunizações para as pessoas?", a Presidente perguntou.

O Diretor de Segurança Interna respondeu: "O relatório mais recente do CDC diz que a maioria das empresas farmacêuticas dos EUA está fazendo todo o possível para produzir o soro. Até agora, a Stoffer Medical Enterprises tem sido a mais bem-sucedida. Você conhece Brian Stoffer – ele supervisiona pessoalmente as operações e iniciou a produção. O problema é que não existe um bom método para divulgá-lo às pessoas. A maior parte do comércio interestadual parou. Ninguém quer ficar longe de casa, então os caminhões não estão se movendo. Estamos tentando usar as forças armadas para ajudar. Vacinamos muitas das tropas e, a partir daí, a equipe do hospital e os socorristas são prioridades. Estamos nos concentrando naqueles que estão tentando manter as coisas funcionando. Os que estão se revoltando e na prisão, estão no final da lista."

A Presidente assentiu. "Pelo menos estamos fazendo algum progresso. Vimos Washington entrar em colapso. E o resto do país?"

"As pessoas continuam ficando doentes. Existem interrupções generalizadas de energia e internet. Simplesmente não há pessoas suficientes aparecendo para trabalhar para manter as luzes acesas. O combustível está escasso em toda parte. E também há o problema com os mortos. Há pessoas mortas em todos os lugares e, como estão obviamente infectadas, ninguém quer se aproximar delas, então elas simplesmente se empilham e apodrecem."

"Desculpe interromper, senhora Presidente", disse o Chefe de Gabinete, "mas sua transmissão começa em três minutos e tudo está conectado e funcionando".

"Obrigado, Donald." A Presidente levantou-se da cadeira.

Ela olhou para o tablet em sua mão e viu as anotações que seus auxiliares haviam transmitido, como sugestões de discussão. Ela pensou em dizer alguma coisa, pois a dor no peito havia atingido um novo nível e atingia também o braço. Precisava passar por essa transmissão e checar isso. Não podia mais ignorá-la.

A Presidente Russell se aproximou do pódio com o selo presidencial impresso digitalmente na tela da frente. A técnica começou a contagem regressiva a partir de cinco e ela viu a luz verde aparecer na câmera.

"Meus amigos americanos", disse Abby Russell, e depois morreu de uma oclusão maciça de sua artéria coronária descendente esquerda. Sua cabeça ricocheteou no topo do pódio quando ela desabou. O ruído oco de sua cabeça atingindo a superfície da madeira foi o som final que milhões de pessoas assistindo ao vivo ouviram da última pessoa a servir como Presidente dos Estados Unidos.

PARTE TRÊS

TRINTA E UM

ANO 2023

O AVIÃO, QUASE CHEIO, POUSOU NO AEROPORTO Internacional Logan, de Boston. Quatro horas antes, partira de Bruxelas, Bélgica. A bordo estava sentado um jovem oficial do Exército designado para o Comando Europeu dos Estados Unidos como oficial de informação júnior.

Sawyer Gomez se juntou ao Exército dos Estados Unidos depois de se formar na faculdade e frequentou a Officer Candidate School (OCS). Após o árduo programa de doze semanas, ele se tornou um oficial comissionado, com o posto de Segundo Tenente, e foi enviado à Europa para sua primeira missão. Hoje era sua primeira viagem para casa em dezoito meses. Ele passou a aproveitar a vida militar e as oportunidades que ela apresentava, mas sentia falta de seus amigos e familiares. Acima de tudo, sentia falta de seu melhor amigo, Devin Baker.

Ele esperava passar algum tempo com Devin, especialmente considerando tudo o que estava acontecendo. Devin havia se tornado uma celebridade internacional, e Sawyer sabia que, mesmo na Europa, as pessoas frequentemente falavam do homem que cura.

Com o avião parado, a luz do cinto de segurança apagou-se e todos se levantaram e saíram de seus assentos. Sawyer pegou sua bolsa e foi em direção à porta, que se abriu para permitir que os passageiros saíssem após alguns minutos de espera. Ele caminhou com os duzentos outros passageiros até a área alfandegária, onde tiveram que entregar seus formulários de imigração e apresentar seus passaportes aos funcionários da Alfândega e Proteção de Fronteiras dos Estados Unidos para inspeção. Enquanto estava na fila, Sawyer esfregou repetidamente o lado direito do pescoço. Ele dormiu a maior parte do voo e, ao acordar, tinha um torcicolo.

Após um atraso de vinte minutos, ele atravessou as filas e estava no carrossel de bagagens, onde sua mochila grande esperava por ele. Agarrou-a, atirou-a por cima do ombro e saiu pela porta que tinha uma placa dizendo Transporte Terrestre. Em cinco minutos, um ônibus parou e o levou à estação T da Linha Azul. O T era o transporte público para a cidade e arredores. Isso incluía trens, ônibus e metrô.

Tendo crescido em uma área a uma hora e meia ao norte da cidade, Sawyer vinha regularmente a Boston, e conhecia o caminho do sistema de metrô. Ele desceu as escadas até a estação e percebeu o cheiro que estava presente em todas as estações de metrô do sistema. Era uma mistura do creosote das ligações ferroviárias, e calor e poeira dos freios do trem e dos motores elétricos quentes. Não era desagradável, apenas familiar. Ele sorriu, percebendo que estava de volta em casa.

Após uma breve espera, o metrô chegou e ele fez várias paradas até a Estação Central do Governo. Lá, mudou para a Linha Verde, para dar mais algumas paradas na estação até o Centro de Convenções Hynes.

Depois que saiu do trem, caminhou até a escada rolante e subiu ao nível da rua. Ele se virou e seguiu as indicações para a breve caminhada até o centro de convenções. Ao fazê-lo, sentiu novamente a dor no pescoço. Ao se aproximar, Sawyer ficou surpreso ao ver a grande placa do centro de convenções e, embaixo, em enormes letras brilhantes, Devin Baker, com duas datas, ontem e hoje.

Sawyer seguiu algumas pessoas em direção à entrada. A mulher parecia estar na casa dos trinta e andava com um adolescente mais velho, que mancava e estava claramente com um desconforto significativo. Lá dentro, havia vários guardas de segurança e vários membros da equipe, vestidos com ternos ou saias. Eles estavam cumprimentando a todos e dando instruções. A mulher que Sawyer seguiu apresentou seu smartphone, que exibia seu bilhete eletrônico, e alguém lhe entregou uma pequena prancheta e formulário.

"Por favor, preencha e esteja pronta quando o seu grupo for chamado", disse um homem de terno. "Você está no grupo J e o Devin atualmente está no grupo F. Demorará cerca de noventa minutos até o seu grupo ser chamado. Vou levá-la para a área de espera do grupo J. Temos lanches disponíveis."

Quando foram levados para a área de espera, uma mulher bem-vestida se aproximou de Sawyer.

"Posso ver seu ingresso, senhor?"

Ele entregou o telefone para ela, com o passe digital que Devin havia lhe enviado. Ela pegou, pareceu confusa por um segundo e depois percebeu para o que estava olhando.

"Oh! Você é o Tenente Gomez?"

Ele sorriu. "Sim, mas por favor, me chame de Sawyer."

A mulher tirou um rádio do bolso e falou: "Oito, aqui é Candice. Nosso outro VIP está aqui. Vou levá-lo".

"Entendido", veio a resposta, do rádio bidirecional.

"Senhor, se você me seguir, eu o levarei até à área VIP."

"Eu ouvi o outro cavalheiro mencionar que existem lanches. Podemos passar por lá? Não comi nada desde que deixei a Bélgica esta manhã e estou com muita fome."

A mulher riu. "Você não quer essa comida. Há uma muito melhor esperando por você na área de recepção VIP. Conheço Devin há alguns anos e ele fala de você com frequência".

"Nós crescemos juntos. Ele é meu melhor amigo."

"Ele me disse que você foi a primeira pessoa para quem ele contou sobre seu dom."

"Isso foi há muito tempo. Provavelmente cerca de oito anos. Nós éramos adolescentes quando ele descobriu. Fizemos alguns experimentos para ver o que ele podia fazer. Naquela época, tínhamos que manter tudo em segredo. Nenhum de nós imaginaria placas gigantes com o nome dele na frente de um centro de convenções".

"Foi um longo caminho. Ajudei a organizar seu primeiro evento público de cura. Ele ficou muito preocupado quando chegou a hora de revelar seu grande segredo," explicou Candice.

Ela o levou por um corredor e deu algumas voltas,

depois passou por uma porta. Ela se abria em uma plataforma de visualização sofisticada, um pouco acima do palco principal. Atendentes, de smoking branco, estavam servindo comida e bebidas para as outras oito pessoas que de alguma forma receberam tratamento VIP.

Um homem vestido casualmente esperava para cumprimentá-los. "Sawyer!"

Sawyer congelou por um segundo antes de reconhecer o rosto de seu amigo de infância Tony Jiffers.

"Tony! O que você está fazendo aqui?" Sawyer perguntou quando deu um passo à frente e abraçou seu velho amigo.

"Você não sabia? Candice e eu somos os coordenadores de eventos de Devin. Montamos todas essas viagens e vamos com ele para garantir que tudo corra bem. Venha ver". Tony fez um gesto para Sawyer segui-lo até o parapeito, para que eles pudessem olhar para o palco. "Candice foi uma das primeiras pessoas que Devin curou. Isso foi quando ele ainda estava experimentando. Ela coordena essas viagens desde o início. Eu vim há um ano para tirar um pouco da carga dela".

Sawyer notou as gigantes letras douradas acima do palco - DEVIN - e sua boca se abriu. Não era nada parecido com a sutileza que Devin havia insistido quando começaram a trabalhar com suas habilidades. A impressão inicial de Sawyer foi que isso parecia algo de Las Vegas.

No chão, em frente ao palco, ele viu Devin sentado em uma cadeira com encosto alto e pessoas caminhando até ele. Quando elas chegavam, Devin olhava para as anotações e depois os tocava e observava a expressão em seus rostos. Mesmo de onde Sawyer e

Tony estavam, eles podiam ver a reação que as pessoas estavam tendo quando suas enfermidades eram curadas.

Guardas de segurança estavam parados no chão, mantendo as pessoas em filas ordenadas. Algumas pessoas que vieram ver Devin estavam andando, enquanto outras estavam em cadeiras de rodas e algumas em macas de ambulância. Todas estavam esperando seu minuto com o Homem Curador.

"Ele realmente fica sentado lá enquanto todos desfilam?" disse Sawyer.

Tony riu. "Não, ele odeia sentar-se e geralmente anda pela multidão. Mas depois de quinhentas a seiscentas curas, ele começa a se cansar e precisa se sentar e descansar de vez em quando. Fizemos um grande show em Los Angeles há um ano e, no final, ele não conseguia levantar a mão para colocá-la em alguém, sem que um de nós o ajudássemos. Desde então, limitamos o tamanho dos eventos e geralmente os dividimos em dois dias."

"Quantos desses ele faz?"

"Tentamos fazer um ou dois locais por semana. Às vezes, fazemos mais se estivermos em uma área específica. No ano passado, começamos na Alemanha e fizemos oito dias seguidos em diferentes cidades europeias. Foi cansativo para todos nós, especialmente para o Devin. Fizemos algo semelhante há alguns meses no leste da Ásia. Dessa vez, fizemos seis locais em dez dias. Isso foi muito mais relaxante e pudemos nos divertir também."

"Uau! Essa é uma quantidade enorme de viagens." Sawyer comentou.

"Verdade. Como Devin comprou um Gulfstream G550, viajamos com conforto e não precisamos lidar com todo o aborrecimento dos voos comerciais. Ele queria adquirir o G650 mais novo, mas há uma espera de dois anos."

"Parece uma ótima maneira de viajar. Então, exatamente, como isso tudo funciona? Como as pessoas são selecionadas?"

"Anunciamos três meses antes. Eles preenchem uma inscrição e a enviam com um número de cheque ou cartão de crédito, por mil dólares. Eles precisam listar sua enfermidade e que alívio esperam obter. Se alguém quiser voltar a crescer uma perna amputada, rejeitamos o pedido e reembolsamos o dinheiro. O resultado desejado deve ser algo que seja viável. Se o cheque for devolvido ou o pagamento com cartão de crédito não for confirmado, destruímos o formulário e eles não são considerados".

"Cada candidato pode entrar com uma pessoa adicional, geralmente um cuidador, cônjuge ou pai. Eles fazem um breve vídeo antes e depois, onde descrevem seus sintomas, antes e depois, e documentamos qualquer lesão visível, também antes e depois. Dessa forma, se houver alguém que queira seu dinheiro de volta, teremos provas em vídeo de que os ajudamos. Nossa meta é mil e cem pessoas curadas por dia do evento. Dessa forma, após as despesas, temos cerca de um milhão de dólares por dia."

"Verdade. Mas tentamos fazer um trabalho de caridade também. Tentamos visitar uma ou mais instalações de reabilitação ou hospitais em cada cidade. Isso está se mostrando mais difícil do que você imagina. Essas instalações lucram com os pacientes e, se entrarmos e curarmos um monte deles, essa receita será perdida. Eles muitas vezes não nos querem lá."

Sawyer e Tony ouviram algo mudar no palco do

show, e eles foram até o parapeito e viram o último do grupo saindo do auditório. Devin levantou-se, olhou para cima e viu seu melhor amigo pela primeira vez em mais de dois anos. Seu enorme sorriso era visível na plataforma de observação. Ele disse algo para o segurança e correu para as escadas.

O rádio de Tony tocou e uma voz disse: "Devin fará uma pausa de dez minutos e então começaremos com o grupo G."

Devin entrou pela porta mais distante e correu para Sawyer, que o encontrou no meio do caminho. Eles se abraçaram da mesma maneira que sempre fizeram, e a dor no pescoço de Sawyer desapareceu.

Devin deu um passo para trás depois de sentir algo deixá-lo e depois voltar.

"O que estava errado?"

Sawyer sorriu. "Apenas um torcicolo por dormir no avião. Mas obrigado". Ele moveu a cabeça de um lado para o outro, sem sentir desconforto.

"Estou tão feliz que você veio. É maravilhoso ver você!"

"Estou feliz por poder vir. Você faz uma coisa incrível aqui. Com certeza, você percorreu um longo caminho desde os dias em que mantivemos tudo em segredo".

"Verdade. Todo mundo sabe agora. Ei, desculpe por me apressar, mas preciso voltar ao palco e estou morrendo de fome. Vamos comer."

Devin os levou a uma mesa coberta por aquecedores de comida e um bar de saladas. Olhando para a seleção, Sawyer ficou impressionado ao ver bife e camarão grelhado, batatas assadas e arroz. Havia também algumas massas com salsicha italiana.

Ao ver a reação de seu amigo, Devin disse:

"Sempre me certifico de que minha equipe esteja bem alimentada. Normalmente, doze de nós entram no local, e eu insisto que eles sejam bem tratados."

"Bem, isso é muito bom." Sawyer colocou um pouco de arroz no prato, ao lado do bife e camarão.

Os amigos sentaram e Devin comeu algumas mordidas.

"Não se apresse e divirta-se", ele disse. "Eu preciso voltar ao palco. Termino em cerca de uma hora e meia, e então, podemos dar um passeio e conversar por um tempo. Há um bom café nessa rua."

"Isso parece bom para mim."

Devin correu para comer sua comida e depois correu de volta ao trabalho.

Sawyer foi até o parapeito para assistir o próximo grupo, liderado por Candice.

TRINTA E DOIS

SAWYER VIU O ÚLTIMO GRUPO SAIR DO AUDITÓRIO. Foi interessante observar como Devin tocou centenas de pessoas e suas enfermidades desapareceram. De onde ele estava sentado, Sawyer não podia ver tudo, mas viu cicatrizes terríveis desaparecerem, marchas mancas e deformidades deixarem de existir, e pessoas que entraram sentadas em uma cadeira de rodas, empurrando a cadeira vazia enquanto saíam. Ele também viu Devin receber muitos abraços e mais do que alguns beijos também.

Havia uma coisa que estava visivelmente ausente. Em nenhum momento, Devin ou qualquer membro da equipe, distribuiu qualquer tipo de panfleto explicando que essa habilidade de cura era um presente de Deus.

"Com licença, Sr. Gomez", disse um segurança.

"Sim?"

"Eles me pediram para levá-lo ao andar de baixo. Existe uma saída traseira, pouco conhecida, que Baker usará para sair, permitindo que ele evite as multidões que estão reunidas na frente, esperando vê-lo."

"Parece bom. Vamos lá." Sawyer colocou a mochila no ombro e seguiu o guarda por vários corredores e um lance de escadas.

No pé da escada, Devin estava esperando. Eles agradeceram o segurança e saíram pela porta. Devin usava boné, óculos escuros e uma jaqueta grossa que, juntos, ajudavam a esconder o rosto e sua forma.

"Isso geralmente funciona", disse ele. "Às vezes as pessoas ainda me reconhecem. Eu me certifico de não me afastar com muita frequência".

"A vida de uma celebridade", respondeu Sawyer.

"Verdade. Tem seus altos e baixos. Felizmente, mais altos do que baixos. Podemos ir ao café e depois há um parque ao lado, onde podemos conversar por um tempo. Às 17:00, seremos apanhados e levados ao aeroporto para o voo de volta para casa. Fiz questão de reservar um lugar para você".

"Parece bom. Tony fez o avião parecer impressionante".

"Ele é. Às vezes, ainda fico confuso sobre como acabei aqui. Aviões particulares e entrevistas. Tudo parece irreal".

"Não se esqueça, muitos abraços."

Devin riu, balançando a cabeça. "Às vezes é demais. Geralmente é legal, mas algumas dessas pessoas... elas podem ser curadas de suas doenças, mas isso não significa que seus problemas de higiene sejam resolvidos."

Os dois homens riram enquanto continuavam andando.

Eles entraram no café pequeno, mas limpo, e fizeram seus pedidos. A mulher atrás do balcão olhou para Devin com uma expressão curiosa, mas não disse nada. Depois que os dois tomaram suas bebidas, saíram do outro lado da rua, para um pequeno parque.

Enquanto caminhavam, Devin disse: "Você ouviu tudo sobre a minha aventura. Como está a Bélgica?"

"É ótimo! Bruxelas é uma cidade agradável, e as pessoas são amigáveis. Aprendi o idioma, mas quase todo mundo fala um inglês aceitável."

"Que idioma eles falam lá? Alemão?"

Sawyer balançou a cabeça. "Não, o idioma oficial é o holandês."

Devin assentiu. "Visitamos muitos países europeus, mas ainda não a Bélgica. Como está sendo no exército? É o que você esperava?"

"Eu realmente gosto. Tenho muitas oportunidades, e o trabalho é geralmente interessante. Estou pensando seriamente em ficar depois dos meus primeiros quatro anos. Fazer uma carreira nisso".

"Isso é ruim. Eu esperava que você trabalhasse conosco. Estamos viajando e vendo mais do mundo do que você verá no Exército".

"Vou pensar sobre isso. É uma ideia interessante."

Os amigos entraram no parque e caminharam até uma longa fila de mesas de piquenique conectadas. Devin sentou-se de um lado, Sawyer do outro, e eles continuaram discutindo o Exército por um tempo e, então, Sawyer mudou de assunto: "Preciso perguntar uma coisa e não quero ofendê-lo".

"Desde quando isso seria uma preocupação?" Devin sorriu. "O que é?"

"O que aconteceu com o uso de sua capacidade como ministério? Criamos o panfleto para você distribuir. Hoje não vi nada parecido."

A postura de Devin caiu e a tristeza entrou em sua voz. "Esse era o plano. Eu até tinha um novo folheto desenhado. Era muito bom. Caramba, ainda temos caixas deles no escritório. As coisas ficaram tão rápidas. Costumava dizer a todos como minha habilidade era de Deus. Então, começamos a movimentar mil e cem pessoas por vez e logo percebi que havia parado de dizer isso. Eu tinha alguém dedicado a distribuir os folhetos, mas os eventos ficaram tão cheios que ela sempre era convidada a fazer outras coisas. Depois de um tempo, não estávamos nem levando as brochuras conosco, porque elas ocupavam espaço, eram pesadas e ninguém nunca tinha tempo para distribuí-las."

Os meninos ficaram em silêncio por alguns minutos, e então Devin recebeu uma mensagem.

Ele olhou para o telefone e disse: "O carro estará aqui em dez minutos para nos levar ao aeroporto. Você terminou com seu café?"

"Obrigado." Sawyer entregou seu copo vazio.

Devin estava caminhando em direção à lata de lixo, quando uma luz azul neon apareceu bem na frente dele.

"O que é isso!" Disse Sawyer.

Devin virou a cabeça para Sawyer, ainda andando. Ele não tinha visto a luz estranha. Começava a cerca de um metro e meio do chão e cresceu para cerca de um metro e meio de altura e três metros de largura.

Devin entrou diretamente nela e desapareceu.

PARTE QUATRO

TRINTA E TRÊS

ANO 2108

"O QUE É ISSO?" DEVIN OUVIU O AMIGO DIZER.

Ele se virou para olhar, sem ter certeza do que Sawyer estava falando. Sawyer estava sentado à mesa, olhando para Devin... ou talvez para a frente dele. De repente, houve uma breve sensação de calor, e então tudo mudou. O parque se foi. Ele estava do lado de dentro, e a iluminação era mais brilhante do que o céu nublado. Pessoas estranhas olhavam para ele, e duas se aproximavam com olhares preocupados. Um era afro-americano, o outro, caucasiano. Ambos usavam jaleco. Com tudo isso sendo registrado, Devin quase desabou. Ele estava extremamente fraco e com dor de estômago. Todo o seu corpo doía.

Os dois homens agarraram seus braços e o levaram a uma cadeira que uma terceira pessoa empurrou para perto dele. Enquanto ele se sentava, dispositivos eram presos a sua testa e ao tórax.

"Está tudo bem, Devin", disse um dos dois homens.

Na sua confusão, Devin não tinha certeza de qual deles havia falado.

"Sente-se aqui e explicaremos o que está acontecendo. Mas primeiro, concentre-se em se curar. É por isso que você está aqui."

"Talvez devêssemos dar uma dose a ele. Ele não está muito bem", disse alguém do grupo.

"Sim, também não queremos perdê-lo", disse outra voz.

"Ainda não. Não quero interferir na capacidade de cura dele." O homem de pele escura segurava uma tela digital nas mãos e continuava trocando o olhar, indo de Devin para a tela. "Dê-lhe tempo para se regenerar."

"Devin, sou o Doutor Matthew Becker, e este é o Doutor Brian Stoffer", disse o homem caucasiano. "Não vamos machucá-lo e explicaremos tudo. Só precisamos que você se regenere primeiro e depois podemos conversar".

"O que você fez comigo?" Devin disse, com uma voz fraca.

"Eu sei que isso vai parecer loucura, mas estamos no ano de 2108. Trouxemos para você oitenta e cinco anos no futuro."

Brian Stoffer disse: "O processo de viagem no tempo é extremamente destrutivo para o corpo, e é por isso que você se sente tão mal. Uma vez que suas habilidades regenerativas aumentarem, deve se sentir muito melhor. Você será a primeira pessoa a pular no tempo e sobreviver".

Devin sentiu uma sensação familiar e percebeu a dor que partia e a fraqueza diminuía. Pareceu levar muito mais tempo do que nunca para o processo de cura ser concluído. Em vez de alguns segundos, a sensação de sua cura corporal pareceu demorar alguns minutos. Eventualmente, o processo terminou e Devin, apesar de cansado, parecia normal. As pessoas que o impediam de cair da cadeira recuaram quando ele se levantou.

"Devin, como você está?" Brian disse.

"De volta ao normal, eu acho." Devin respondeu, enquanto pegava um copo de água oferecido. "Onde estou?"

"Estamos em um laboratório particular", disse Matthew, "localizado na região conhecida como Região Centro-Atlântica, Distrito Militar Seis. Você a conheceria como Virginia, nos arredores de Alexandria".

"Distrito Militar Seis? O que isso significa? Por que você me trouxe aqui?"

"Sinto muito por tudo isso, Devin", respondeu Matthew, "mas é uma história muito longa, e parte dela provavelmente será perturbadora para você".

"Você é capaz de me enviar para casa?"

"Certamente. No momento, eu poderia enviá-lo de volta tão facilmente quanto o trouxe aqui. Por que você não nos segue? Vamos mudar para uma sala de conferências mais confortável".

Brian colocou a tela digital em uma mesa e disse ao grupo: "Tudo parece normal agora, mas eu peguei alguns dados interessantes, antes e durante, a regeneração dele".

Devin olhou ao redor da sala. Era uma grande sala cheia de equipamentos de alta tecnologia. Havia um grande arco brilhante no centro e estações de trabalho com equipamentos de aparência estranha instalados neles. Havia também uma maca com rodas e um lençol estampado de bolas, empurrada contra a parede. Na mesa ao lado dele estava um recipiente de plástico. Nele havia um cinto, duas pequenas garrafas de plástico, um pedaço de papel amassado e alguns pequenos dispositivos que Devin não reconheceu. Havia também um crachá de identificação de hospital com o rosto de uma mulher e o nome Abby Russell. Ele reconheceu o crachá de identificação. Era do mesmo hospital em que ele nasceu e mais tarde conduziu alguns dos testes de suas capacidades.

Os três se levantaram e saíram do laboratório, seguindo pelo corredor. Quando passaram por algumas janelas do chão ao teto, Devin diminuiu o passo para olhar para fora. Era um dia nublado e havia uma chuva leve caindo. Havia veículos e tropas militares, de aparência estranha, estacionados acima e abaixo do quarteirão. Um helicóptero parecia estar circulando a área.

"O que está acontecendo? Estamos sob algum tipo de ataque?"

"Não, Devin", disse Brian. "Este lugar é provavelmente o local mais seguro do país. Ninguém pode chegar a 800 metros deste local. Os militares o deixam completamente trancado".

"Por quê?"

"Por sua causa", disse Matthew. "Veja bem, nós criamos você."

TRINTA E QUATRO

Devin parou de andar. "Como assim, vocês me criaram?"

"Entre aqui e sente-se." Brian manteve a porta da sala de conferências aberta. "Vamos explicar tudo." Ele olhou para Matthew. "Comece a contar o que aconteceu. Eu preciso fazer uma ligação."

Devin e Matthew entraram na sala. Devin olhou em volta para a sala de aparência simples. Não havia nada nas paredes; além da grande mesa e cadeiras combinando, não havia mais nada. Parecia frio e impessoal.

Eles se sentaram e Matthew disse: "Nós contaremos tudo. Não temos motivos para esconder nada. No entanto, parte do que eu digo a você pode ser um pouco difícil, ok?"

Devin assentiu.

"Como dissemos, trouxemos para você oitenta e cinco anos no futuro. Nos primeiros oitenta e três desses oitenta e cinco anos, as coisas progrediram como você poderia esperar. Houve avanços tecnológicos, mudanças políticas e algumas guerras pequenas, ou regionais. Os Estados Unidos aumentaram para cinquenta e dois estados, mas basicamente, era o mesmo. Então, dois anos atrás, um laboratório no Arizona estava pesquisando ilegalmente uma arma viral, criada pelo homem, para uso militar. Ocorreu um incidente e o patógeno, mais contagioso que se possa imaginar, foi lançado ao mundo."

Brian fez uma pausa e viu Devin assentir, indicando que seguia o que estava sendo explicado.

"O patógeno destruiu quase 80% da população mundial. Muitos governos entraram em colapso e um terço das nações que existiam antes não existem mais. Ou elas estão em estado de anarquia ou uma nova nação está surgindo do que resta. Aqui nos Estados Unidos, a maioria dos líderes do governo morreu da doença. A Presidente e o Vice-Presidente estão mortos. A maioria das pessoas na linha de sucessão se foi, e muitos que sobreviveram estavam escondidos, sem querer contrair a doença. Os militares assumiram e trabalharam agressivamente para restaurar a ordem. Faz dois anos e ainda há grandes áreas do país sem governo, com ninguém realmente no comando. Das partes que estão sob controle militar, apenas 70% têm eletricidade. Não há pessoas suficientes para manter a ordem e restaurar os serviços".

Quando Matthew terminou a história, Brian voltou pegando o final da explicação.

"Então, você quer me enviar de volta no tempo para curar as pessoas da doença?" Devin perguntou.

"Não, não todos", respondeu Matthew.

A resposta surpreendeu Devin, pois essa parecia ser a explicação lógica.

"No momento em que esse desastre ocorreu", disse

Brian, "eu trabalhava em pesquisas médicas, procurando maneiras de fazer o corpo humano se curar muito mais rapidamente. Meu problema era que, a partir do momento em que meu soro era administrado, parecia que levaria décadas, antes que a capacidade de se regenerar mais rapidamente se manifestasse." Ele olhou para Matthew e assentiu.

"E eu estava trabalhando em um processo para mover objetos para frente e para trás no tempo", disse Matthew. "Meu sistema de viagem no tempo funcionou, mas era destrutivo para a biomatéria – células vegetais e animais. Trabalhamos juntos e melhoramos os dois processos. A viagem no tempo ainda é fatal para quem a usa. A menos que, é claro, eles tenham a capacidade de se curar no nível celular e a uma taxa aumentada. Você não foi criado para poder curar alguém, mas simplesmente para sobreviver à viagem no tempo. A verdade é que nunca pensamos que você seria capaz de curar outras pessoas. Esse é um efeito colateral não planejado, que não podemos explicar. Veja bem, na semana passada, chegamos ao ponto em que decidimos que estávamos prontos para tentar isso em seres humanos. Nos últimos dias, enviamos um total de seis voluntários, um de cada vez, para o que eram basicamente missões suicidas. Eles receberam doses pesadas de medicamentos intravenosos para fortalecer suas células e voltarem no tempo. Cada um deles tinha uma dose do soro para permitir uma rápida cicatrização com eles. Suas instruções eram injetar em um indivíduo específico enquanto ainda criança. Esperançosamente, à medida que esses bebês crescessem, eles desenvolveriam a capacidade de se regenerar rapidamente e estariam disponíveis para nossos propósitos. Nossos voluntários voltando no tempo sabiam que só teriam, no máximo, trinta minutos para cumprir sua missão, antes que seus corpos falhassem. Dos seis, dois nunca retornaram e não parece que eles conseguiram injetar seus bebês. Eles podem não ter sobrevivido o tempo suficiente para completar sua missão. O número três completou sua missão e retornou, mas a habilidade avançada de cura nunca pareceu se desenvolver à medida que o sujeito envelheceu. O número quatro desenvolveu habilidades de autocura, que descobrimos olhando para trás nos registros médicos antigos de suas décadas. Havia anotações e até artigos de notícias sobre uma habilidade milagrosa de autocura. Infelizmente, quando foi trazida para 85 anos no futuro, ela morreu antes de poder começar a se regenerar. O quinto sujeito recebeu uma dose dupla do soro, assim como você, mas morreu em um acidente por afogamento quando adolescente, antes que sua capacidade se manifestasse".

"Isso está fazendo sentido até agora?" Brian disse.

"Acho que sim", respondeu Devin.

"Isso nos leva a você", disse Matthew. "Número seis. Hoje de manhã, uma mulher corajosa, sabendo que não sobreviveria, viajou de volta ao dia do seu nascimento. Ela injetou uma dose dupla do soro que minha equipe e eu criamos. Duas horas atrás, ela voltou morta. Começamos a procurar você on-line e descobrimos que havia um Devin Baker, que viveu décadas atrás, e que possuía uma habilidade incrível. Capaz de curar os outros e a si mesmo. Procuramos por um momento em que nossos registros históricos indicassem que sua capacidade parecia ter atingido o pico, e então o pegamos nesse período e o trouxemos para cá."

"Todo esse tempo eu pensei que minha capacidade de curar era um dom de Deus."

"Lamento dizer isso, Devin, mas sua capacidade de cura é o resultado de dois experimentos científicos imperfeitos, reunidos por desespero."

Devin processou as informações incríveis que recebeu.

Depois de alguns minutos, ele disse: "Por que eu? Por que você me escolheu, de todas as outras pessoas no passado, para usar? Eu sei que era o número seis, mas o que me colocou na lista?"

"Foi aleatório. O computador procurou alguém que faleceu, mas que viveu uma vida inteira. Não muito longe no passado – tinha que haver registros de computador disponíveis. Além disso, não havia nada de significativo em suas vidas. Não era possível atrair alguém para o futuro que devesse dar uma contribuição significativa à sociedade."

Devin pensou por um minuto. "Então, isso significa que, se eu não tivesse passado a ter essa capacidade de cura, eu não seria ninguém? Contribuindo com nada para a sociedade?"

Os dois cientistas se entreolharam.

"Eu não colocaria assim", disse Matthew. "Você viveu uma vida decente, mas nada digno de nota no cenário geral".

Devin afundou os ombros e olhou para o chão. Aparentemente, sem a capacidade de curar, sua vida em geral teria significado muito pouco para a sociedade. Eventualmente, ele disse: "OK, então, o que você quer de mim?"

"Quando o desastre se desenvolveu", disse Matthew, "minha empresa trabalhou com o governo civil e, mais tarde, com o governo militar, para produzir a vacina contra a doença o mais rápido possível. Isso me deu a oportunidade de falar com a alta liderança do país. O governo oficial dos EUA entrou em colapso quando a Presidente morreu, e não havia ninguém disposto, ou capaz, para assumir o comando. Todos tivemos a sorte de ter sido o General Marcus Quimby, ex-presidente do Estado-Maior Conjunto, quem assumiu o poder. Ele forneceu uma liderança sólida em um momento em que não tínhamos nada. Algumas pessoas chamariam de brutal alguns de seus atos, mas ele rapidamente terminou com a agitação civil e trouxe a ordem ao caos. Felizmente, o homem é um patriota vermelho, branco e azul, e está determinado a restaurar o governo civil. Ele não deseja governar mais do que o necessário. Encontrei-me com ele para discutir a produção da vacina e também contei sobre o trabalho que Brian e eu estamos fazendo. Ele está ansioso para ver esse projeto concluído e nos fornece segurança e os recursos necessários. Nosso objetivo é voltar no tempo e impedir que o desastre aconteça. Mas para fazer isso, precisamos de alguém que possa sobreviver à viagem no tempo."

Devin olhou para eles e pensou em tudo o que tinha ouvido. Era esmagador.

Depois de um minuto, ele disse: "É possível mudar o passado? Certa vez, li algo que dizia que voltar no tempo não pode mudar o presente".

"Ao longo das décadas, tem havido muitas teorias, muitas ideias sobre o que pode ser feito com viagens no tempo. O pensamento atual, entre a maioria dos teóricos quânticos, é que o tempo é linear e as mudanças no passado influenciam diretamente o futuro. Alguns de nossos testes básicos suportam essa linha de pensamento. Portanto, o que você fizer será capaz de impedir o desastre."

"Então, minha missão é voltar no tempo e salvar o mundo?" Devin perguntou desconfiado.

"Não. Você precisa voltar no tempo e passar uma mensagem para alguém".

TRINTA E CINCO

O General Marcus Quimby estava sentado no compartimento traseiro do helicóptero de transporte militar. O general, um homem alto e poderoso, tinha sessenta e poucos anos, cabelos grisalhos. Ele estava estudando dados em um tablet fino, com o dobro do tamanho do compacto de computador bolso padrão. O assessor do general sentou-se ao lado dele, antecipando quais informações seriam solicitadas a seguir.

A aeronave ultrarrápida abriu caminho para o espaço aéreo seguro em torno do complexo industrial de propriedade da Stoffer Medical Enterprise. Desde a pandemia global, essa instalação havia se tornado um dos lugares mais fortemente protegidos nos EUA.

Uma hora atrás, Brian Stoffer havia contatado o General diretamente – algo que ele nunca havia feito antes. Ele estava empolgado ao explicar que houve uma grande evolução em seus esforços e incentivou o General a chegar às suas instalações o mais rápido possível. O General estava participando de um encontro na sede militar regional do Meio-Atlântico. Eles estavam discutindo as metas do próximo trimestre para devolver energia e serviços essenciais a várias regiões. Muitas áreas ainda estavam impactadas pela falta de mão de obra, tornando quase impossível manter as coisas funcionando.

Os EUA ofereciam cartões de racionamento para quem quisesse imigrar. Trabalhadores eram desesperadamente necessários e todos os que tinham mais de quinze anos eram obrigados a trabalhar em período integral. Não havia exceções, e as consequências para o fornecimento de alimentos para quem não possuía um cartão de emprego atual eram duras. O problema é que a maioria das outras nações também oferecia benefícios semelhantes, e o transporte entre as nações era quase inexistente. A instabilidade prevaleceu em muitos países, e a extrema raiva internacional contra os EUA, por seu papel na pandemia, ainda estava presente.

A maioria dos americanos concordava que, se não fossem os movimentos ousados de Marcus Quimby para tomar o poder e restaurar a ordem, o país teria entrado em colapso. Marcus esperava que os livros de história concordassem com isso. No entanto, alguns não ficaram satisfeitos com os rígidos requisitos impostos a todos os cidadãos e com o atual regime militar. O general concordava com isso e estava ansioso pelo retorno ao regime civil e pela eleição de um presidente, que havia sido adiada devido à necessidade de restaurar serviços essenciais. Entretanto, a força dos militares avançava, e isso gerava um trabalho muito mais rápido do que se não estivessem no controle.

Seu objetivo pessoal era que houvesse eleições gerais dentro do próximo ano. Uma solução ainda melhor seria se Brian Stoffer e sua equipe pudessem concluir esse projeto de viagem no tempo. Então, todo o desastre poderia ser evitado.

O General Quimby sentiu o banco da aeronave se inclinar à esquerda e percebeu a velocidade do ar diminuindo rapidamente. Eles estavam se preparando para pousar. Ele devolveu o tablet ao assessor, que o colocou em uma pequena mochila, pela qual ele era responsável. Um segundo ajudante carregava outro pacote, que estava sempre perto do general. Anos atrás, era conhecido como bola nuclear. Apesar de não ser mais chamado dessa maneira, ele ainda continha os códigos de lançamento de mísseis, e era tudo o que era necessário para lançar um ataque nuclear a qualquer alvo no mundo.

Com toda a agitação e raiva do mundo no momento em que assumiu o controle do governo dos EUA, o General ficava acordado à noite, aterrorizado com o fato de ter que usar essa opção. Felizmente, as dezesseis potências nucleares mundiais, consideravam a perda de vidas adicionais um risco tão alto que ninguém havia ultrapassado essa linha.

A aeronave parou no ar e desceu até Marcus Quimby sentir as rodas tocarem o chão. Depois de receber a autorização do piloto, o assessor geral abriu a porta e deixou o General comandante sair da aeronave. Ele foi recebido pelos homens do Serviço Secreto, que haviam chegado antes dele em uma aeronave semelhante. Ao contrário do Serviço Secreto dos líderes anteriores do país, esses homens e mulheres usavam equipamento de combate completo e carregavam uma variedade de armas.

O General Quimby notou Matthew Becker esperando pacientemente do lado de fora das barreiras que cercavam o local do pouso do helicóptero e se dirigiu ao encontro do cientista.

"Boa tarde, general."

"Matthew, bom te ver de novo. Onde está o Brian?"

"General, nós conseguimos! Trouxemos nosso alvo aqui, vindo de 85 anos no passado, e ele sobreviveu. Brian está com ele agora".

"Vocês realmente fizeram isso? Realmente funcionou?" O General respondeu, o espanto evidente em sua voz. Ele queria desesperadamente que o plano deles funcionasse, mas nunca pensou que funcionaria.

"Sim. Venha, você pode ver". Matthew se virou e levou o general para dentro.

"Matthew, meu pessoal aqui me informou que existem cinco cadáveres resultantes de seus experimentos desta manhã e que a sua equipe pediu para que eles se livrassem deles."

"Infelizmente, isso é verdade. Todos, exceto um dos falecidos, eram voluntários que sabiam o que aconteceria."

O General assentiu. "Vocês me avisaram que isso poderia acontecer. Deveríamos esperar por mais?"

"Provavelmente não. Agora que trouxemos alguém aqui, que pode sobreviver ao processo, estamos quase na linha de chegada. Espero que esse cara, Devin, complete a missão".

Enquanto Matthew explicava, a porta que dava para a instalação se abriu, acionada por seu BioChip.

"Surpreendente! Então, quando esse Devin estará pronto para esta missão?"

"Não tenho certeza. Começamos a informá-lo depois que ligamos para você. Temos que garantir que ele esteja totalmente de acordo e saiba o que deve fazer. Brian estava terminando um exame médico completo sobre ele quando eu vim buscá-lo. Ele pode precisar descansar um dia. Ele sobreviveu ao salto no tempo, mas foi muito difícil para ele fisicamente. Precisamos saber que ele está totalmente regenerado antes de enviá-lo novamente."

Quando se aproximaram do elevador, as portas se abriram e dois agentes do Serviço Secreto já estavam lá dentro. A cabine do elevador e a área do laboratório no térreo já estavam confirmadas como seguras pelos agentes.

O grupo saiu do elevador e seguiu pelo corredor até a sala de conferências, onde o Doutor Brian Stoffer e Devin estavam conversando, e uma agente do sexo feminino, estava em atenção ao lado deles.

O General Quimby olhou para os detalhes de segurança. "Vamos precisar de um pouco de privacidade, por favor."

O agente líder assentiu e instruiu os outros a tomar posições do lado de fora de cada uma das duas portas da sala de conferências.

TRINTA E SEIS

Quando os recém-chegados entraram na sala, Brian se levantou. "Olá, General. Ficamos felizes por você ter conseguido chegar aqui. Este é Devin Baker. Devin, este é o General Marcus Quimby. Ele é o atual comandante chefe do que resta de nossa nação."

Devin levantou-se e ficou confuso sobre o que dizer ou fazer. Ele nunca havia falado com alguém que possuía patente militar antes.

Ele estendeu a mão. "Prazer em conhecê-lo, senhor."

O General pegou a mão oferecida. "Estou feliz em conhecê-lo, Devin. Pelo que estou ouvindo, você pode ser a pessoa mais importante do mundo agora."

"É isso que eles estão me dizendo, e isso me deixa muito desconfortável."

"Devin, você entende o quão ruim é a nossa situação? Quão ruim a pandemia prejudicou a raça humana?" O General perguntou.

"Acho que sim. Parece que cerca de 80% da população foi exterminada, quase da noite para o dia. Eles me disseram que a reconstrução é extremamente lenta porque não há pessoas suficientes para fazer o trabalho."

"Verdade, Devin. Estamos incentivando as mulheres a se reproduzirem em altas taxas. Queremos que as famílias tenham dez filhos cada. Mas isso não ajudará até que as crianças fiquem mais velhas. Nos primeiros quinze anos, estamos piorando a situação. Teremos um aumento na necessidade de creches e professores. Além disso, muitas dessas mulheres grávidas ficarão fora da força de trabalho por um período, significativo, de tempo. Não podemos permitir isso. Precisamos de muito mais pessoas, mas não temos recursos para sustentá-las. O desastre não terminou quando a doença foi exterminada. Ainda continua agora, vários anos depois."

"Portanto, a resposta fácil é que alguém impeça que isso aconteça", disse Brian. "No entanto, até agora, algo assim nunca foi possível."

"Mas temos essa capacidade", disse Matthew. "A tecnologia funciona. Também temos a única pessoa capaz de sobreviver ao processo de viagem no tempo".

"Então, quando eu voltar, exatamente o que devo fazer?"

"Bem, Devin", disse o General, "não é difícil ou mesmo perigoso. Vou lhe dar um computador de bolso, que você me entregará no passado, em um endereço que eu vou fornecer."

"O que é um computador de bolso?"

O General lançou um olhar confuso a Devin e depois olhou para os outros dois homens.

Brian sorriu. "Lembre-se, General, acabamos de retirá-lo de 85 anos no passado. Ele nunca ouviu falar de um."

Quimby assentiu. "Um computador de bolso é

exatamente o que parece. É um computador de bolso que interage com seu BioChip. Você sabe o que é um BioChip?"

Devin balançou a cabeça, começando a se sentir oprimido. "Não, eu nunca ouvi falar disso também."

"Não se preocupe", disse Brian. "Nós cuidaremos disso antes de você voltar. No entanto, um BioChip é um tipo de nano chip injetado sob a pele do seu braço. Permite interagir online. Qualquer coisa, desde transações financeiras até abrir portas trancadas. Entre outras coisas, substituiu cartões bancários e papel-moeda. Também serve como sua identificação. Em nosso tempo, seria impossível fazer qualquer coisa sem ele."

"Então, você vai me entregar um computador de bolso", disse Quimby. "Pode ser difícil superar minha segurança, por isso fornecerei várias informações para ajudar nisso. Depois de obter todas as informações do computador, impedirei que a tragédia aconteça."

À medida que a reunião progredia, a comida era entregue e eles relaxavam, discutindo planos e prazos. A conversa foi agradável e Devin achou o General Quimby bastante gentil.

Infelizmente, as habilidades de Devin não reduziram sua necessidade de dormir. Como ele tinha passado a maior parte do dia no centro de convenções, curando mais de mil pessoas, ele estava exausto. O estresse nele de ter que se curar após o salto no tempo apenas piorou a fadiga. Não demorou muito para ele precisar pedir licença da conversa. Mas primeiro, uma pergunta persistente permanecia.

"Eu preciso perguntar uma coisa. Entendo a situação e porque tenho que fazer isso. Agora, quando cheguei a esse tempo, você disse que podia me enviar para casa. Como vou voltar para casa depois de salvar o mundo para você? No ano para o qual você me enviará, três anos antes deste, sua tecnologia de viagem no tempo ainda não existirá por vários anos. Além disso, parece que sua viagem no tempo só funciona agora porque você teve a pandemia para impulsionar seu trabalho mais rapidamente."

A sala ficou em silêncio e os três homens desse período se entreolharam.

"Nós dissemos que poderíamos enviá-lo de volta", disse Brian. "Podemos fazer isso agora. No entanto, se você voltar no tempo três anos e parar esse desastre, não teremos realmente uma maneira de levá-lo de volta para casa depois disso. Esse momento atual, em que existe a capacidade de movê-lo no tempo, nunca existirá. Conseguimos trazer de volta os voluntários que enviamos porque eles não mudaram a situação que trouxe nossa tecnologia de viagens no tempo à existência. Ao impedir a pandemia, você apagará tudo o que levou nossa tecnologia onde está hoje. Eu sei que isso é confuso, e não o que você queria ouvir."

"Eu acho que faz sentido. E foi essa que pensei que seria a resposta. Eu ficarei preso durante três anos." Devin afirmou com desânimo em sua voz. Depois de um momento para pensar, ele disse: "Deixe-me ver um desses computadores de bolso. Mostre-me como usá-lo".

Matthew pegou um na mesa, ligou e deslizou para Devin. "O que você quer fazer?"

"Quero fazer uma busca sobre mim e ver o que aconteceu depois que eu desapareci."

"Depois que você foi injetado com meu soro", disse Brian, "procuramos por isso. Você continuou a realizar seus eventos de cura por muitos anos. Nos últimos vinte anos de sua vida, você se aposentou em uma vila remota na França e viveu seus últimos dias em relativo isolamento, apenas ocasionalmente aparecendo quando alguém de destaque estava doente ou ferido. Você pode se recuperar de lesões e doenças, mas o processo normal de envelhecimento não é interrompido."

Matthew balançou a cabeça. "Não é isso que ele quer dizer. Isso foi o que aconteceu porque nós o injetamos e lhe demos a capacidade de curar. Mas tudo mudou quando o trouxemos aqui. Essa versão da história não existe mais".

Devin assentiu e descobriu que essas múltiplas versões da história faziam sentido para ele, de uma maneira estranha.

"Exatamente." Ele pegou o computador e começou a digitar sua busca.

A interface era próxima o suficiente de um navegador da Web, e ele rapidamente descobriu como usá-la. O desempenho era impressionante. Não havia a demora que ele teria experimentado em seu antigo smartphone.

Devin mudou de uma notícia para outra. A primeira manchete, de 85 anos no passado, dizia: *O Homem da Cura Desaparece*, seguida por outra que dizia: *O Misterioso Desaparecimento de Devin Baker*. Havia várias outras com títulos semelhantes. Ele passou por elas. Então, outro título chamou sua atenção: uma prisão foi feita no caso Devin Baker. Ele selecionou o artigo.

> *O Segundo Tenente do Exército dos EUA, Sawyer Gomez, foi detido e está sendo interrogado no desaparecimento do famoso curandeiro Devin Baker. Gomez admitidamente foi*

a última pessoa com Devin Baker estava antes de desaparecer. O questionamento inicial do Tenente Gomez produziu respostas que as autoridades dizem que não fazem sentido, e agora ele é considerado suspeito do desaparecimento do Homem da Cura.

Devin sentiu suas mãos ficando úmidas, e sua ansiedade aumentando, enquanto lia a próxima manchete. *Caso arquivado no desaparecimento de Devin Baker*. Este artigo era vinculado a outro, datado quase um ano depois. *Gomez absolvido do desaparecimento de Devin Baker*. Devin leu e viu uma declaração do chefe do júri, que dizia: "*A promotoria não conseguiu provar que o Tenente Gomez fez algo de criminoso, mesmo que sua descrição dos eventos ainda pareça impossível*".

Devin rolou uma última vez e viu outra manchete. *Exército dispensará Sawyer Gomez após seu julgamento no caso Devin Baker*. Ele colocou o bolso sobre a mesa e deslizou de volta para Matthew.

O General Quimby viu a expressão de desespero em seu rosto. "O que você descobriu?"

Por um longo momento, Devin não disse nada e depois quebrou o silêncio. "Sawyer é meu melhor amigo. Desde que éramos crianças. Ele estava comigo quando você me trouxe aqui. Não havia mais ninguém por perto. Eles o prenderam. Acham que ele fez algo comigo. Houve até um julgamento".

Houve um silêncio completo na sala.

"Eu não vou ajudá-lo. Você precisa me enviar de volta".

"Devin, eu realmente sinto muito pelo que aconteceu com seu amigo Sawyer", disse o General. "Eu realmente sinto. Mas o que precisamos que você faça é muito, muito maior que seu amigo".

Devin retrucou, sentindo a raiva ferver como raramente fazia antes, "Sawyer é meu melhor amigo! Ele é um oficial do Exército dos EUA, assim como você". Ele apontou o dedo para Quimby. "Eu não vou fazer isso com ele!"

Os três homens ficaram em silêncio e evitaram olhar para Devin. Cada um estava tentando pensar em algo para dizer, mas não havia nada.

Após minutos de silêncio desconfortável, Devin se levantou e saiu da sala.

TRINTA E SETE

DEVIN ROLOU, ACORDANDO LENTAMENTE. UM acesso venoso ainda estava seguro em seu braço. Relutantemente, ele permitiu que Brian Stoffer iniciasse uma infusão de um medicamento que, supostamente, fortalecia as células, para que elas resistissem melhor aos efeitos da viagem no tempo. Este foi o mesmo composto que ele deu aos voluntários que haviam viajado de volta no tempo para criar Devin. Como ele havia sido submetido a um salto no tempo uma vez, e ninguém sabia ao certo como outro movimento no tempo o afetaria tão cedo, eles não estavam se arriscando.

Ele só concordou com o medicamento quando Brian e Matthew prometeram encontrar uma maneira de cumprir a missão e ainda levá-lo de volta ao seu tempo. Eles também apontaram que isso seria necessário, mesmo que só o mandassem para casa.

Devin tirou o cobertor e jogou as pernas para o lado da cama improvisada. Eles transformaram uma pequena área de laboratório em uma sala onde ele podia dormir. Estava escuro e silencioso, e era tudo o que precisava para adormecer. Ele estendeu a mão para o chão, encontrou o jeans e tirou o smartphone. Não era possível conectar-se à rede aqui, que era muito avançada, mas poderia dizer a ele quanto tempo ele dormiu – nove horas. Ele olhou para o soro intravenoso e viu que ele havia esvaziado enquanto dormia, então soltou o equipamento do braço e puxou o cateter do pulso. O pequeno buraco se fechou antes que uma única gota de sangue saísse. Ele terminou de se vestir e saiu pela porta.

Depois de parar em um banheiro, Devin seguiu pelo corredor. Ele achou o caminho para a sala de conferências com a ajuda de um membro da equipe de segurança do General Quimby. Matthew e o General estavam sentados à mesa, junto com outros membros das equipes do projeto de Brian e Matthew. Havia uma variedade de comida disponível, e Devin se sentou.

"Bom dia, Devin", disse o General Quimby.

"Bom dia a todos." Devin acenou com a cabeça para o grupo.

"Você dormiu bem?" Disse Matthew. "Algum efeito colateral dos medicamentos que você recebeu?"

"Não. Eu estava exausto e dormi muito bem. Agora estou com muita fome."

Matthew sorriu. "Enquanto você dormia, criamos uma solução para o problema de levá-lo de volta para casa. Vou preparar um computador de bolso. Depois de concluir sua missão, você o usará. Tem instruções sobre como me encontrar. Poderei entrar em contato com Brian e explicar a ele, para que também possa ajudar. Ele também contém todas as informações necessárias para aprimorar a tecnologia de viagens no tempo, para que possamos enviar você para casa".

Os olhos de Devin se arregalaram. "Eu supus que

isso não seria possível, eu nem pensei que poderia haver uma solução fácil como essa".

"Quando você me encontrar, usando os dados que possui, poderemos fazer as melhorias necessárias em meus processos. Pode demorar um mês ou dois, mas eu consigo."

"Devin, isso seria aceitável?" Quimby disse.

"Acho que sim. Não vejo por que não funcionaria."

Devin podia ver o alívio nos rostos dos homens sentados ao redor da mesa.

Ele, então, fez uma pergunta que havia chegado até ele enquanto esperava dormir na noite anterior: "Vocês se importam se eu perguntar algo pessoal a vocês?"

"Claro", respondeu Matthew. "O que você quer saber?"

"Vocês me disseram como o desastre foi devastador. Vocês perderam alguém?"

Os três homens trocaram olhares.

"Minha filha sobreviveu", disse Matthew. "Minha esposa e filho não."

"Reconheci o que estava acontecendo cedo", disse Brian, "e imediatamente coloquei em quarentena minha esposa e três filhos em nossa casa até que a vacina se tornasse disponível. Tivemos muita sorte".

Houve uma pausa, antes que o General Quimby dissesse: "Eu tinha três filhos adultos. Dois eram casados e o outro estava noivo. Havia também cinco netos. O noivo da minha filha sobreviveu. Nenhum dos outros conseguiu. Minha esposa faleceu alguns anos antes de câncer".

Houve um silêncio ao redor da mesa. Devin pensou em quanto esse homem havia perdido e, em poucas semanas, teve a responsabilidade de toda a nação caindo sobre ele. Sua admiração atual pelo general deu um salto gigantesco.

"Sinto muito por tudo o que você perdeu, General", disse Devin. "Farei tudo o que puder para evitar isso."

O General Quimby assentiu e, voltando aos trilhos, disse: "Vá em frente e coma, e eu lhe direi o plano que estamos desenvolvendo. Vou lhe dar dois computadores de bolso idênticos. Eles só podem ser desbloqueados com o meu BioChip, ou com o que você terá. Você irá para o meu endereço residencial. Minha segurança irá impedi-lo e você precisará mostrar a eles um dos vídeos no computador. Isso deve convencê-los a deixar você me ver. Depois disso, você me dá o computador e eu farei o resto."

"Isso não parece muito difícil. Mas, e quanto ao BioChip?" Devin perguntou.

"Todo mundo recebe um BioChip em tenra idade", disse Matthew. "À medida que envelhecem, é possível fazer mais e mais. Os sensores nas portas leem o chip para permitir o acesso às pessoas certas. Nas lojas e restaurantes, os sistemas de vendas consultam o chip e transferem fundos eletronicamente para cobrir as compras. Todos os computadores podem acessar o BioChip para permitir o acesso adequado. Estes são apenas alguns exemplos. É ilegal adulterar ou copiar um BioChip. No momento, minha equipe de tecnologia está trabalhando na clonagem do meu BioChip. Você receberá o clone. Quando você voltar, tudo o identificará como sendo eu. Você poderá solicitar um carro ou fazer uma compra, conforme necessário. Os computadores de bolso que você carrega funcionarão para você, porque você terá esse chip em você."

"Por que clonar o seu? Não posso apenas conseguir o meu?" Devin perguntou.

"Isso é o que faríamos, até percebermos que não funcionaria. Qualquer conta que criamos para o seu BioChip hoje não existirá no passado. Seu chip seria inútil. Você precisa de um BioChip com uma conta existente na época".

"Você não perceberá que há outra pessoa usando sua identidade e me denunciará?"

"O computador de bolso que você está levando vai me explicar tudo isso. Você deverá ter tempo para concluir sua missão com o General e me encontrar, antes que eu note qualquer atividade estranha em minhas contas".

Devin sentou-se em silêncio, pensando em sua situação.

"Devin, algo está incomodando você", disse Brian. "Podemos ver no seu rosto. O que é?"

"Duvido que isso faça sentido para você. Mas, durante anos, pensei que deveria usar esse dom para curar pessoas. Que foi um presente de Deus. Eu pensei que esse era o meu propósito. Agora, acho que nada do que pensei sobre quem eu sou é real. É difícil de processar."

"Devin, você diz que queria usar esse dom para ajudar as pessoas", disse o General Quimby. "Agora, você salvará a vida de mais de oito bilhões de pessoas. Entendo o que você está dizendo, mas você tem um propósito diferente – um propósito alternativo."

TRINTA E OITO

Devin entrou no laboratório, o mesmo lugar em que apareceu pela primeira vez quando o puxaram para o futuro. Enquanto caminhava, ele inconscientemente esfregava o local no braço direito onde o BioChip clonado havia sido injetado uma hora antes. Não havia dor ou desconforto, apenas uma sensação, e ele sabia que agora havia uma tecnologia futurista adicionada ao seu corpo.

Ele parou a poucos metros da sala e olhou surpreso com o que viu. Demorou mais a examinar a sala do que quando esteve aqui pela última vez. Havia várias estações de trabalho ao redor do local, com equipamentos de aparência estranha. O mais impressionante era o pequeno número de monitores de computador existentes. Em vez disso, a maioria das telas era holográfica. Texto e imagens, incluindo vídeos, eram exibidos no ar ao redor das estações. A clareza das imagens de vídeo era tão boa quanto se houvesse uma tela.

Devin desviou o olhar para o centro da sala, onde havia um grande arco. Ele o viu brevemente no dia anterior, quando chegou. Tinha cerca de três metros de altura e dois metros de espessura. O arco era largo o suficiente para um carro pequeno atravessar e brilhava com uma pulsante luz azul neon. A luz azul o deixou paralisado, pois parecia cada vez mais brilhante.

Devin deu um pulo quando percebeu que alguém tinha vindo atrás dele, à sua esquerda.

"Incrível, não é?" disse Brian.

"Como funciona?"

"Matthew tentou me explicar, mas não consigo acompanhar a física. De alguma forma, o tempo e o espaço são manipulados, e um portal para outro tempo é aberto. Se não tivesse visto funcionar, não acreditaria. Quando ele armazena energia e abre o portal, essas pulsações azuis ficam mais rápidas."

Os dois homens continuaram observando as luzes pulsantes por vários segundos.

"Então você está pronto?" Brian disse.

"Acredito que sim. Minha tarefa é bastante simples. Minha maior preocupação é quanto tempo você e Matthew levarão para me mandar para casa quando eu terminar."

"Essa compilação adicional que você está usando nos permitirá avançar rapidamente em nossos projetos. Levar-nos de onde estávamos há dois anos para onde estamos agora não será muito difícil. Devemos poder mandá-lo para casa em apenas um mês, talvez um pouco mais".

"Eu disse a todos que minha habilidade era um dom de Deus. Agora, vou voltar com uma história diferente. Me sinto uma fraude. Não sei se posso voltar a fazer o que fazia."

"Você quer dizer os grandes eventos de cura que realiza? Você ganha bastante dinheiro com eles."

"Como você sabe sobre eles?"

"Eles facilitaram o conhecimento de que nosso experimento funcionaria. Selecionamos você aleatoriamente em um histórico de perfil online. Pesquisamos você online e vimos que não havia nada incomum em você. Exatamente o que queríamos. Enviamos nosso voluntário de volta para injetar o soro logo após o nascimento. Alguns minutos depois, fizemos uma pesquisa na Internet novamente e, em seguida, havia muitas informações sobre sua capacidade de cura. Muitos artigos foram escritos sobre suas sessões de cura e quão lucrativas elas eram. Não havia dúvidas, nos artigos antigos que lemos, de que nosso experimento havia acabado de funcionar, mas houve um efeito colateral inesperado. Você podia curar outras pessoas também".

"Ainda não acredito que foi por acaso. Me curar é ótimo, mas quando posso ajudar muitos outros, essa habilidade significa muito mais."

Matthew e o General Quimby entraram na sala. Matthew carregava uma mochila azul.

O General se aproximou de Devin. "É uma coisa incrível. Não é?"

"Com certeza é. Essa coisa toda é incrível. Parte de mim não quer acreditar e o resto sabe que é verdade. Eu só quero que esse problema seja repassado a você... bem, a você do passado".

"Devin, o sistema está quase pronto", disse Matthew. "Este pacote tem tudo o que você precisa. Um computador primário e de backup para o General, um para você me fornecer após a conclusão da missão e outro para você, para qualquer informação que possa precisar. Portanto, existem quatro no total. Também há comida embalada e garrafas de água, além de uma capa de chuva e uma muda de roupa. Lamento que a comida que estamos enviando não seja apetitosa, mas tivemos que escolher itens que sobreviveriam à passagem no tempo. Não há muitos itens comestíveis que atendam a esse critério. Se você precisar fazer compras, poderá fazer através do BioChip."

"Tudo bem, isso parece bom. Mas tenho mais uma pergunta".

"O que é?" Perguntou Matthew.

"Se eu voltar e impedir o desastre, entregando a mensagem ao General Quimby, então a pandemia nunca acontece. Sem a pandemia, não haverá motivo para você enviar voluntários de volta no tempo para me dar a capacidade de cura. Então, nunca poderei sobreviver à viagem no tempo."

Matthew sorriu: "Isso é chamado de paradoxo temporal. Uma mudança no tempo impede que algo que levou a essa mudança aconteça, para que nunca ocorra. Existem teorias sobre essas coisas, mas como você é o primeiro a viajar no tempo, nada está comprovado. O melhor que posso dizer é que, de acordo com o pensamento contemporâneo, como você se move entre duas linhas do tempo, não é afetado por uma mudança que ocorre na linha do tempo. Basicamente, você estará carregando a habilidade com você, enquanto cruza para outro momento".

Devin pensou por um minuto e depois disse: "Mas isso é apenas uma teoria. Certo?"

"Receio que seja a melhor que temos. Não houve testes para provar isso de uma maneira ou de outra."

O rosto de Devin se desanimou quando ele percebeu que sua volta para casa não era uma certeza: "Isso não é muito encorajador, mas acho que não há escolha agora. O que preciso fazer?"

"Siga-me aqui", disse Matthew. "Quando o sistema estiver pronto, você atravessará o arco."

Devin foi para onde foi instruído e observou a luz no arco pulsar cada vez mais rápido. Então, um ponto de luz, da mesma cor do arco, se formou e cresceu do tamanho de uma porta.

TRINTA E NOVE

ANO 2105

O Parque Madison, em Falls Church, Virgínia, é uma área familiar de 2,7 acres com muitas comodidades. Naquela noite, chovia leve no parque deserto. De repente, um ponto de luz azul neon apareceu na altura da cintura. Crescia em altura e largura e, em cinco segundos, chegava ao tamanho de uma porta. Devin atravessou o portal, que depois foi se apagando e desapareceu.

Ele tropeçou e procurou algo para se segurar e um lugar para sentar-se. Como planejado, ele estava ao lado de um pavilhão com várias mesas de piquenique embaixo. Ele agarrou a mais próxima das pernas de madeira do abrigo, para manter o equilíbrio enquanto se dirigia para uma das mesas de piquenique cobertas e se sentava no banco.

Ele se sentia extremamente fraco e estava tendo problemas para se concentrar. Todo o seu corpo estava dolorido, e ele sabia que estava sofrendo de uma grande interrupção celular. Parecia que demorou uma eternidade, mas foram apenas cerca de trinta segundos, antes que sentisse uma sensação familiar por todo o corpo. A dor se foi e sua força retornou. Ele permaneceu sentado por alguns minutos, até que todos os sintomas diminuíssem completamente. Embora pudesse sobreviver e se recuperar rapidamente dos efeitos das viagens no tempo, foi a coisa mais triste que ele já experimentou e ficaria feliz em deixar isso para trás quando o levassem para casa.

Lentamente, ele se levantou e seguiu o caminho pelo parque. Devin estava a apenas cerca de um quarto de quilômetro da residência do General Quimby. Ele andou em um ritmo acelerado, querendo chegar antes que fosse tarde demais à noite. Depois de sair do parque, virou à esquerda na Rua North, passou por duas casas grandes e depois virou à esquerda, na Avenida Vintage. A casa do General era a segunda à frente, à direita. Era um prédio de dois andares com fachada de tijolos e uma grande escada, que ia da calçada até a porta. Como esperado, Devin notou o carro parado no meio-fio com o motor ligado. Ele removeu o primeiro computador bolso da mochila. Era um modelo seleto, normalmente não disponível para civis. Ele já estava ligado e fez uma busca por BioChips nas proximidades. Ele exibia o de Matthew Becker, que estava ilegalmente no braço de Devin. Havia também um por perto, para Warren Black. Devin reconheceu o nome do briefing que o general havia lhe dado e escolheu um vídeo específico.

Com toda a confiança que conseguiu reunir, e lembrando a si mesmo de que ninguém poderia machucá-lo, Devin se aproximou, com ousadia, da porta do passageiro, abriu-a e caiu no banco como se fosse o dono do veículo.

Ficou brevemente confuso ao ver que não havia um volante, até se lembrar da conversa que teve com

Brian Stoffer sobre todos os avanços tecnológicos nos últimos oitenta e cinco anos.

"O que você está fazendo?" disse o Agente Warren Black. "Saia! Este é um veículo oficial do governo."

"Olá", disse Devin, com a voz mais amigável que pôde: "Seu nome é Warren Black. Você é casado com Cynthia Black, ex-Cynthia Stout. Você tem dois filhos, Kevin e Dakota. Trabalha no Serviço de Proteção Federal e está atualmente designado para proteger o General Quimby. Seu parceiro está na casa. Eu tenho sua atenção?"

"Quem é você?"

"Meu nome é Devin. Preciso que você olhe isso."

Devin apertou um ícone na tela do computador e tocou a gravação que o General havia feito para Warren. Havia sete outras gravações, todas prontas para quem, do Serviço Federal de Proteção, estivesse de plantão esta noite.

Warren não teve escolha a não ser aceitar o dispositivo que Devin colocou em suas mãos. Ele olhou para a tela e viu o rosto do General Quimby.

"*Warren, me desculpe por isso ser tão incomum, mas preciso que você confie em Devin e o traga para mim, em casa. Isso é de importância crítica e não podemos explicar mais agora. Entendo que isso é estranho e que você que tem dúvidas. Então, para permitir que você confie que essa mensagem é realmente minha, você se lembra da conversa que você e eu tivemos no verão passado no piquenique? Quando seu filho Dakota comentou sobre o quão atraente minha filha é. Ele não sabia que eu era o pai dela, e eu estava ao seu lado quando ele disse. Você disse mais tarde que foi o momento mais embaraçoso da sua vida. Nós dois riremos disso para sempre. Por favor, traga Devin para mim. Sinta-se livre para revistá-lo em busca de armas e explosivos, mas deixe-o ficar com a bolsa azul que está carregando."*

A gravação terminou e Devin pegou o computador de bolso da mão de Warren.

"Sinto muito, Agente Black, mas precisava chamar sua atenção e o General disse que isso seria suficiente."

Warren olhou para a mochila, notando que era de fato azul.

Depois de alguns segundos para pensar no que ouvira, ele disse: "Há muito mais acontecendo aqui do que eu imagino, não é?"

Warren pensou no compacto de bolso que ele tinha acabado de segurar. Recentemente, ele atualizou o da esposa para o modelo mais recente, que acabara de chegar ao mercado, e este era uma geração mais nova. Não se esperava que ele estivesse disponível por mais dois anos, de acordo com um artigo que leu recentemente.

"É verdade", respondeu Devin, enquanto abria a porta do carro.

Warren saiu do carro, pegou um dispositivo no console e se aproximou de Devin. Ele o examinou e a bolsa, e tinha uma expressão perplexa enquanto olhava para os resultados.

"OK, vamos lá", disse ele.

Os dois se aproximaram dos oito degraus que levavam à porta da frente, e Warren pegou seu colarinho e ativou um controle oculto.

"Dois entrando", disse ele no aparelho.

Quando chegaram ao último degrau, Warren parou e olhou para Devin.

"O General Quimby no seu vídeo parece um pouco mais velho do que eu esperava."

"Ele passou por muita coisa", respondeu Devin, com um leve sorriso.

Warren assentiu, sua suspeita confirmada. No entanto, ele não tinha ideia do que isso significava. Eles encontraram o outro agente quando entraram na casa.

"Bill, por favor, vá buscar o General. Diga a ele que há um visitante e que estaremos no escritório dele".

Com um olhar confuso, o agente júnior assentiu e saiu para chamar o General Quimby. Devin seguiu Warren até o escritório e os dois ficaram de pé, esperando na porta.

Três minutos depois, Marcus Quimby se aproximou, vestido casualmente com calças leves, camiseta e chinelos.

"Desculpe incomodá-lo, senhor", disse Warren, "mas isso parecia ser urgente."

Quimby olhou para Devin, claramente tentando determinar como esse jovem poderia ter algo tão urgente. Ele acenou para o escritório e fechou a porta.

Devin examinou a sala e ficou impressionado com a decoração cara, as paredes com painéis de madeira e as muitas condecorações militares em exibição.

Mais uma vez, Devin assumiu o controle antes que alguém pudesse. Ele se aproximou do General e o guiou a alguns metros de distância do Agente Warren Black.

"General, meu nome é Devin Baker. Seu código de autorização do Departamento de Defesa é 95832140Z."

O General parou com um olhar vazio. "Como

você pode saber disso? Eu sou o único que conhece esse código."

Devin pressionou o computador de bolso nas mãos do General, outro vídeo pronto para ser lançado.

"Senhor, por favor, sente-se e aperte play."

O general, que não estava acostumado a lhe dizerem o que fazer, fez uma careta, mas ainda caminhou até sua mesa, puxou a cadeira e sentou-se.

"Senhor, você pode não querer que mais ninguém ouça isso agora."

"Warren, acho que estamos todos prontos."

"Sim, senhor. Estarei do lado de fora da porta, se você precisar de mim." Ele saiu do escritório e fechou a porta atrás de si.

Devin sentou-se e permaneceu calado. Ele não queria ser uma distração enquanto Marcus assistia ao vídeo.

Marcus Quimby deu a Devin mais um olhar de desaprovação e pressionou o play. Devin sorriu quando o General Quimby ficou cara a cara com seu futuro eu e empalideceu.

Levou quinze minutos para ele assistir ao vídeo. Várias vezes ele olhou para Devin, que sorria e assentia a cada vez.

Quando terminou, ele olhou para Devin. "Está com fome?"

"Sim senhor, eu estou."

Quimby apertou um botão em sua mesa. "Atendente, envie alguns sanduíches. Estamos trabalhando até tarde. Há dois de nós aqui." Para Devin, ele disse: "Viagem no tempo? Sério?"

Devin assentiu.

"E você é do futuro?"

"Na verdade, estou apenas enviando uma mensagem do futuro."

O General pareceu confuso novamente, claramente sem saber o que Devin queria dizer com isso. "E eu sou o presidente?"

"Sim, senhor. Mas como você não foi eleito, você se recusa a usar esse título. E você o odeia. Na verdade, você odeia o fato de ter que assumir o controle nessas circunstâncias".

Quimby assentiu. Finalmente, Devin havia dito algo que fazia sentido.

"Você deve saber, senhor, que pelo que ouvi, ao assumir o controle você impediu o país de entrar em colapso completo. Se não desfizermos o que aconteceu, você entrará na história como um dos maiores heróis de nossa nação."

Enquanto o General pensava sobre o que Devin disse, houve uma batida na porta. Uma empregada entrou com um prato de sanduíches e dois jarros. Quando ela saiu, Marcus começou o vídeo novamente e assistiu a gravação inteira pela segunda vez enquanto eles comiam.

Quando terminou, Devin perguntou: "Senhor, você tem alguma pergunta? Eu gostaria de ir. Estou ansioso para voltar ao meu período".

"Todas as informações que eu preciso estão aqui?" O General levantou o computador de bolso. "Tem a localização do laboratório ilegal, os nomes dos envolvidos e a data da crise. Então, acho que você completou sua missão, Devin."

O General Quimby levantou-se e caminhou até Devin e apertou sua mão.

"Boa sorte, senhor. Tenho certeza de que não é

fácil deixar isso cair em você. O destino do mundo está literalmente em suas mãos."

Quimby fez uma expressão sombria no rosto e assentiu. "Eu vou cuidar disso."

Devin deixou o escritório e saiu. Ele acenou com a cabeça para o segundo agente quando saiu, mas não viu Warren Black quando partiu. Ele pegou o computador bolso e o usou para chamar um carro. Ele o instruiu a encontrá-lo em cinco minutos no estacionamento do parque onde passara pelo portal. Ao finalizar o pedido, ele recebeu um aviso no computador. Uma solicitação com apenas cinco minutos de lead time pode não ser atendida e o carro pode demorar até dez minutos após a solicitação. Ele o levaria para a casa de Matthew Becker. Seria tarde quando chegasse, mas ele se sentiria melhor quando estivesse muito mais perto de voltar ao seu período de tempo.

Ele poderia fazer com que o carro o pegasse na casa do general, mas por algum motivo, ele foi impelido a garantir que ninguém o seguisse.

QUARENTA

O General Quimby ficou olhando para todos os dados que o homem havia trazido do futuro. O desastre era inacreditável. Bilhões de mortos, e isso aconteceria em alguns meses. O fato de ele ter que parar tudo isso era realmente uma pressão que ele nunca sentiu antes.

O General foi ao seu computador e começou a procurar informações sobre a Argon Technologies. Queria saber mais sobre quem eles eram e quem estava financiando suas atividades.

Ele ouviu uma batida na porta e o Agente Warren Black entrou.

"Senhor, eu encontrei algo de que o senhor deveria estar ciente."

"O que é?"

"Quando deixei Devin aqui com o senhor, decidi investigar um pouco. As câmeras de segurança capturaram uma boa foto de seu rosto. Passei por todos os bancos de dados e não encontrei nada. Não importa de onde ele seja, ele deveria estar lá em algum lugar ".

"E você não encontrou nada?"

Quimby pensou que poderia ser porque Devin

veio do futuro. Mas apenas três anos no futuro. Ele ainda deve ter a mesma aparência e ser localizável pelo reconhecimento facial.

"Não no começo. Comecei a expandir a pesquisa cada vez mais. Eventualmente, encontrei um Devin Baker cuja foto é uma combinação perfeita. O problema é que a foto foi tirada há mais de 80 anos e que Devin Baker morreu como um homem velho, há 23 anos. Mas a foto é uma combinação perfeita. Há mais. Quando o admitimos, o sistema de segurança consultou seu BioChip e o identificou como Matthew Becker. Eu o procurei e eles claramente não são os mesmos. Devin não é Matthew Becker, mas ele está usando seu BioChip."

"Então, nós temos um homem do passado me entregando uma mensagem do futuro?" Quimby se perguntou em voz alta.

"Senhor, eu não acompanhei."

"Não, você perdeu a maior parte. Devin ainda está aqui?" O General pulou da mesa, o computador de bolso ainda na mão.

"Ele acabou de sair. Ele estava a pé."

Quimby correu para a porta. Queria mais informações deste Devin Baker. Ele abriu a porta, correu em direção às escadas externas e olhou para cima e para baixo da rua, em busca de Devin. Quando o pé esquerdo do General desceu no primeiro degrau, a parte inferior plana do sapato entrou em contato com a pedra polida e coberta de chuva, e deslizou por baixo dele. Quando o General aterrissou, a parte de trás do pescoço atingiu a extremidade do primeiro degrau, fraturando a segunda e a terceira vértebra cervical. O impulso de seu rápido movimento pela porta manteve o corpo avançando e desceu os oito degraus.

Quando caiu, a cabeça se moveu em várias direções, e não havia suporte agora que os ossos de C2-C3 estavam fraturados. Quando ele parou na calçada, sua medula espinhal foi cortada no local da fratura. Havia também muitas pequenas lacerações no corpo, entre as quais várias na mão que seguravam o computador agora quebrado.

Warren Black engasgou quando o homem que ele foi encarregado de proteger, que se tornou um amigo, sofreu a queda horrenda.

Ele apertou o aparelho no colarinho. "Código 2, código 2! O MQ está inoperante. Inicie o EMS agora!" Ele correu escada abaixo, para o lado do general. Ele estava aterrorizado com o quão ruim aquilo era.

"General! General Quimby, você pode me ouvir." O agente Black gritou quando se ajoelhou, mas não houve resposta.

A equipe de segurança e o EMS fariam todo o possível para salvar a vida de Marcus Quimby, mas seus esforços seriam todos em vão. A única esperança que eles teriam era um homem que estava parado no estacionamento de um parque próximo, esperando um carro e ouvindo as sirenes, alheio ao que acabara de acontecer.

QUARENTA E UM

Os faróis desceram a estrada e iluminaram o estacionamento quando o RoboCar entrou nele. Devin se adiantou para encontrá-lo, ciente de mais sirenes do lado de fora do parque. Ele removeu o poncho de chuva e sacudiu-o quando o veículo parou à sua frente e a porta traseira se abriu.

"Estou aqui pelo Doutor Matthew Becker", disse uma voz de dentro do carro.

"Eu sou o Doutor Matthew Becker." Devin entrou no carro.

A porta se fechou e o veículo virou para sair do parque.

"Doutor Becker, ainda estamos indo para o seu endereço residencial?" O atendente virtual perguntou. Ele já havia consultado o BioChip no braço de Devin e confirmado o endereço e o método de pagamento registrado.

"Sim."

"Chegaremos em cerca de quarenta minutos. Gostaria de ouvir notícias, esportes ou música no caminho?"

"Música relaxante, volume baixo." Devin ficou impressionado com a forma como este carro estava fazendo tudo sem o envolvimento humano.

Por alguns minutos, ele observou o veículo entrar na estrada e acelerar. Eventualmente, ele se recostou e fechou os olhos enquanto viajavam. Pensando no que havia acontecido, e em como as coisas foram bem, ele sorriu, se sentindo bem. Um pouco úmido da chuva, mas ainda bem.

Ele tinha acabado de fazer sua parte para salvar o mundo. Agora cabia ao General Quimby. Devin não duvidava que o General lidaria com isso efetivamente. Aquele homem havia tomado o controle de uma nação em crise e a conduzido de volta da beira do colapso. Desligar um laboratório de pesquisa que estava operando fora da lei não seria problema para ele.

Trinta e oito minutos depois, Devin ouviu: "Doutor Becker. Chegaremos em um minuto".

"Obrigado." Então Devin se perguntou se era normal nesse período agradecer um carro.

O veículo parou em uma subdivisão, diretamente em frente a uma casa em estilo de fazenda. Devin pegou o computador bolso e olhou as informações do endereço. Depois que a porta se abriu, e o atendente virtual desejou-lhe uma boa noite, ele saiu sem falar com o carro robótico. Enquanto caminhava em direção à porta da frente, puxou outro vídeo.

Enquanto se preparava para bater, ele ouviu um clique quando a porta se destrancou e se abriu. Hesitante, Devin entrou na casa, percebendo que um sensor havia lido seu BioChip e aberto a porta, assumindo que ele era o proprietário da casa. Ele fechou a porta e não tinha certeza do que fazer agora que estava dentro. Matthew e sua família provavelmente estavam todos na cama. Depois de um momento para pensar, Devin gritou: "Olá!" Ele esperou alguns segundos e gritou novamente: "Olá, Matthew!"

Desta vez, ele ouviu alguma coisa. Alguém se aproximava, ainda escondido na escuridão da casa. Devin virou-se para o som dos passos, com o computador pronto, e ficou surpreso ao ver uma grande mistura preta e marrom do labrador vindo em sua direção. O cachorro tinha mais de cinquenta quilos e uma aparência poderosa. Devin não estava preocupado com isso, mas ele não queria que a primeira visão de Matthew fosse a dele lutando com seu cachorro.

O animal veio até ele, abanando a cauda. Devin percebeu que esse cachorro poderia ser útil para impedir alguém de invadir, mas seria inútil quando um ladrão entrasse.

Devin caiu de joelhos e, quando Matthew finalmente acendeu a luz e entrou na sala, carregando um taco de beisebol de madeira, Devin e o cachorro já eram amigos.

"Quem é você e por que você está na minha casa?"

Devin levantou-se do chão e o cachorro recuou, sentindo a preocupação de seu mestre.

Devin se viu do lado defensivo da conversa. O encontro com o cachorro lhe custara seu plano de ser assertivo e assumir o controle.

"Matthew, não quero fazer mal", disse Devin em sua voz mais amigável. "Veja isto."

Ele segurava o computador diante do rosto de Matthew e o vídeo foi reproduzido.

Matthew não pegou o aparelho, mas seus olhos se arregalaram quando se viu na tela.

"Finalmente conseguimos. Mandamos uma pessoa de volta no tempo. Devin aqui mostrará todas as infor-

mações. Preciso que você o ouça. A situação toda é um pouco diferente do que planejamos."

"Entre, Devin, e sente-se na sala de estar. Preciso deixar minha esposa, Mallory, saber o que está acontecendo. Estávamos preocupados que você fosse um intruso." Enquanto ele dizia isso, levantou o bastão e sorriu para Devin quando ele saiu da sala para guardá-lo.

Quando Matthew voltou, sentou-se em frente a Devin. "Então, o que está acontecendo? Estou animado em saber que finalmente conseguimos resolver os problemas. Mas por que você está aqui tão tarde da noite?"

Devin entregou a Matthew o computador. "Há muitas informações, vídeos e todos os dados técnicos para avançar seu projeto para onde ele estava quando eu voltei no tempo. No entanto, acho que seria melhor se começássemos contando a história toda, como eu a sei".

QUARENTA E DOIS

DEVIN DORMIU PROFUNDAMENTE NO QUARTO DE hóspedes da família Becker e foi acordado por alguém agitando seu braço e chamando seu nome.

"Devin, você precisa acordar", disse Matthew.

Lentamente, Devin começou a acordar. Ele se sentiu desorientado quanto à sua localização. Olhando pela janela, viu que era cedo. O sol estava começando a nascer. Então, ele se concentrou no rosto de Matthew e as coisas começaram a voltar para ele.

"Vamos, Devin, levante-se!"

"O que está errado?" Devin perguntou. A ansiedade era clara na voz de Matthew.

"Temos um grande problema. Marcus Quimby está morto."

Devin pulou da cama. "O que aconteceu? Ele não pode estar morto! Ele ainda está vivo daqui a três anos. Eu o conheci."

Matthew entregou um computador de bolso a Devin e acionou uma transmissão de notícias online.

"As autoridades estão informando que o General Marcus Quimby, Presidente do Estado-Maior Conjunto, está morto. Ele morreu após algum tipo de aci-

dente em frente à sua casa, por volta das 23 horas da noite de ontem. O Serviço Federal de Proteção está procurando por alguém que possa ter informações sobre o incidente". A foto de Devin apareceu na tela. "Esse homem, que é conhecido como Devin Baker ou Matthew Becker, pode ter informações e as autoridades estão ansiosas para falar com ele".

Devin devolveu o aparelho a Matthew e com um tremor na voz: "Saí da casa por volta das onze. Ele estava sentado em seu escritório, lendo os dados que eu lhe dei. Ele é o único com as informações necessárias para interromper a pandemia."

"Se Quimby estava vivo daqui a três anos e agora está morto, algo que você fez deve ter mudado a linha do tempo."

"Quando saí, ele estava lendo. Eu não fiz mais nada."

"Bem, eles têm o meu nome. Provavelmente do BioChip que você possui. Não demorará muito para que as autoridades cheguem aqui. Eles estarão procurando informações".

"Preciso sair. Eu tenho que descobrir o que fazer. Você tem as informações necessárias para avançar no seu trabalho e no de Brian. Depois que eu resolver isso, entrarei em contato." Devin tirou o computador e pediu um carro.

"Parece que existem duas opções. Ou você encontra outra pessoa que possa ajudá-lo ou você mesmo interrompe o desastre."

Devin passeava pela sala, a energia nervosa precisando ser liberada enquanto estudava as informações no computador. Isso continuou por alguns minutos até que um carro cinza parou no meio-fio.

Matthew saiu da sala, depois voltou e entregou a Devin algo que parecia um elástico.

"Você pode querer isso. Ele ocultará o sinal do BioChip. Você pode colocá-lo e retirá-lo conforme necessário. Copiar ou alterar um BioChip é ilegal. Ocultar um não é."

Devin lançou lhe um olhar interrogativo.

"Eu posso ter usado isso algumas vezes na faculdade." Matthew sorriu.

"Vou entrar em contato com você." Devin pegou a bandana e levantou sua mochila.

Ele saiu de casa sem olhar para trás e, quando Devin se aproximou do carro, a porta se abriu.

"Boa noite, Doutor Becker", disse o carro.

Devin sentou-se na parte de trás e a porta se fechou.

"Doutor Becker, sua solicitação de carro não continha um destino".

"Leve-me ao Parque Pershing, em Washington DC."

O veículo começou a se mover. "Com o tráfego noturno, devemos chegar em aproximadamente trinta e nove minutos."

O Parque Pershing é um parque de 1,75 acres, nomeado em homenagem ao General John Pershing. O general Pershing serviu como comandante da Força Expedicionária Americana na Europa, durante a Primeira Guerra Mundial. O parque serve como um memorial para essa guerra. Localizado entre as Ruas 14 e 15, fica ao longo da Avenida Pennsylvania, e a uma curta caminhada da Casa Branca. Devin pensou que pedir para ser levado diretamente à Casa Branca poderia causar algum tipo de alarme. Ele assumiu que era apenas uma questão de tempo até alguém rastrear o BioChip, então, queria ficar à frente deles. Ele precisava tentar manter o foco nas informações sobre a pandemia e não na morte do general. Além disso, quanto mais baixo ele começasse na cadeia alimentar, mais difícil seria abrir caminho até o topo.

Eles continuaram pelo que pareceu meia hora. O carro manobrou para a faixa da direita e começou a desacelerar para sair da via. Foi quando Devin notou uma luz vermelha piscando no painel por alguns segundos e depois parou. A velocidade do carro aumentou.

"O que está acontecendo?"

"Doutor Becker, fui instruído a entregá-lo em um local alternativo."

QUARENTA E TRÊS

Devin considerou o que estava acontecendo por apenas alguns segundos, depois forçou a porta a se abrir contra o fluxo de ar, a 120 quilômetros por hora. Ele agarrou a bolsa e se jogou para fora do carro ainda acelerado, segurando a parte de trás da cabeça para proteger o crânio com os braços, com a bolsa pressionada contra o rosto. Ele precisava sobreviver ao acidente, mesmo por apenas alguns segundos. Bateu no chão com extrema força. Aconteceu tão rápido que ele não podia ter certeza de tudo o que machucou. Ele sentiu algo em seu ombro direito quebrar, e então, ao cair no asfalto, seu quadril e pélvis tiveram algo catastrófico acontecendo. Ele também sentiu a perna esquerda dobrar de uma maneira que nunca foi planejada.

Enquanto ele descansava, sabia que havia muitos outros ferimentos porque a dor estava em toda parte e sua respiração estava forçada. Ele tentou gritar, mas não conseguiu respirar fundo o suficiente. Ficou imóvel, incapaz de se mover e sentindo a consciência desaparecendo. Então, uma sensação familiar surgiu quando seu nível de alerta voltou. Ele ficou aliviado quando a dor intensa desapareceu repentinamente. Sentiu seus ossos e músculos voltando ao lugar e se recuperando. A próxima coisa que ele percebeu foram as rodas de um caminhão passando perto, errando-o por pouco, enquanto ele estava deitado na beira da estrada. Ele ficou de pé e correu para a rampa de saída. Apenas vinte segundos antes, ainda estava no carro.

Quando Devin alcançou o fundo da rampa, ele se mudou para as sombras. Enfiou a mão no bolso e encontrou a pulseira que Matthew havia lhe dado, e começou a deslizar sobre o braço quando viu todo o sangue em sua pele. Seus ferimentos, ao sair do carro em movimento, existiram por apenas um breve período, mas foi o suficiente para sair um pouco de sangue, e cobrir grande parte dele. Ele notou que sua camisa estava manchada e rasgada. Ele a removeu e tirou uma garrafa de água da mochila. Usou as partes mais limpas da camisa destruída, e um pouco de água, para remover o máximo de sangue possível da pele. Ele verificou e viu que seu jeans estava muito melhor. Havia sangue neles, mas não estava preocupado com isso. Ele tirou uma camisa sobressalente da mochila, vestiu-a e depois colocou a faixa sobre o BioChip. Lembrando-se dos computadores de bolso restantes, ele checou novamente a bolsa e ficou aliviado ao ver que as capas duras haviam resistido ao impacto violento.

Quando Devin terminou de se limpar, ouviu sirenes se aproximando e saiu correndo da rampa da estrada. Sua pesquisa, enquanto passeava na sala de estar de Matthew, havia falado sobre o Parque Pershing. Teria sido um excelente destino para ele, porque ficava tão perto da Casa Branca. Agora, ele presumiu que em breve haveria pessoas esperando no parque por ele. Eles teriam conseguido o destino pretendido do RoboCar.

Ele se moveu por vários quarteirões, caminhou cerca de 10 quilômetros e se aproximou da Casa Branca na direção oposta. A longa caminhada foi um inconveniente, mas o tempo permitiu que ele criasse o início de um plano.

Com a dramática melhoria na tecnologia de digitalização, a segurança da Casa Branca mudou significativamente na década de 2060. Muitas das defesas semelhantes a fortalezas foram modificadas ou removidas, e a tecnologia avançada fornecia alertas precoces de possíveis ameaças. Se Devin estivesse carregando explosivos, ou mesmo balas contendo pólvora simples, os sensores teriam sido ativados. Então a segurança o teria interceptado quando ele ainda estava a mais de um quilômetro de distância. Por isso, além da cerca icônica que ainda rodeava a propriedade, a maioria das barreiras físicas havia sido removida. Portanto, ele foi capaz de caminhar diretamente até uma pequena guarita que controlava o acesso a uma unidade, que era usada para entregas na Mansão Presidencial.

O segurança olhou para cima e viu Devin se aproximando, ainda a cinquenta metros de distância. Seu turno havia acabado de começar, e ele já estava tendo que lidar com isso. Aqui vamos nós de novo, ele pensou. As placas postadas eram grandes e o significado delas claro. Esta rota era apenas para tráfego de entrega. Sem restrições.

O guarda então notou a mochila, que sempre era uma preocupação. Ele olhou para o scanner novamente e fez alguns ajustes. Não havia explosivos e nada de metal grande o suficiente para ser uma arma. Havia dois dispositivos eletrônicos, que foram identificados como computadores de bolso. Isso era um pouco estranho, mas não preocupante. Havia também três garrafas de um líquido desconhecido. As varreduras mostraram 88% de chance de ser apenas água. O que quer que fosse, não era explosivo ou inflamável.

A preocupação mais significativa, segundo o sistema, era que não havia um BioChip respondendo. Havia pessoas que os recusavam, mas eram poucos e distanciados. Mais provavelmente, ele estava escondendo. O segurança ajustou o sofisticado scanner e se concentrou no antebraço da pessoa. Ele agora detectou um sinal fraco, insuficiente para obter informações, mas havia um BioChip blindado.

O homem estava agora a apenas quinze metros de distância. Havia manchas e alguns rasgos nas calças. O scanner indicou 92% de chance de as manchas serem de sangue. Por mais avançado que fosse o scanner portátil, não era possível determinar se o sangue era dele, ou mesmo se era de um ser humano. Ele precisaria de equipamentos mais sofisticados para isso.

"Senhor, esta entrada é apenas para tráfego de veículos! Você passou quatro placas informando sobre isso."

Devin continuou a se aproximar.

"Senhor, por favor, vire-se e volte pelo caminho que veio!" O guarda gritou.

Devin caminhou até o homem, que usava uma camisa branca de mangas curtas. O adesivo em seu braço o identificou como trabalhando para o Serviço Federal de Proteção. Seu crachá dizia *Chad James*.

"Oficial James", disse Devin em sua voz mais amigável. Peço desculpas por minha abordagem inadequada e minha aparência desgrenhada, mas foi necessário. Preciso falar com seu supervisor imediatamente. Há um problema que preciso discutir com ele ou ela."

"Que tipo de problema? Por que você está protegendo seu BioChip?"

"Sinto muito, mas vou explicar tudo isso ao seu supervisor."

"Qual é o seu nome?"

"Devin Baker."

O guarda desenvolveu um olhar de confusão. O nome parecia familiar, mas ele não conseguia lembrar de onde o ouvira antes.

"Sr. Baker. Preciso que você descubra seu BioChip, depois vire-se e saia. Esta entrada é apenas para tráfego de veículos. Se você não sair agora, vou convocar outras pessoas que o prenderão."

Devin levantou o braço esquerdo com a palma da mão voltada para o guarda. A palma da mão se abriu, músculos e ossos visíveis. Tão rápido quanto parecia, a horrível laceração desapareceu e ele abaixou a mão.

"Chad", disse Devin com força. "Chame seu supervisor agora!"

Com os olhos arregalados, Chad tocou um ponto escondido no colarinho e começou a falar. Devin não conseguiu ouvir tudo o que disse, mas viu a perplexidade no rosto de Chad. Ele suprimiu um sorriso. Até agora, as coisas estavam indo como planejado.

Devin esperou cerca de quatro minutos. O guarda olhava para ele ocasionalmente, mas não disse mais nada. Devin ouviu um barulho e se virou para ver três pessoas se aproximando. Eles estavam marchando pela estrada, vindo da direção da Mansão Presidencial. Dois eram guardas uniformizados como Chad. Um homem e a outra mulher. O outro era um homem de terno. Os guardas tinham armas no coldre, que pareciam grandes e estranhas para Devin. O homem de terno andava na frente. Ele também tinha uma arma de algum tipo escondida sob o paletó.

Ao se aproximar, ele olhou para Devin e sua expressão indicava que não estava impressionado.

O homem de terno falou. "Entendo que você está insistindo em falar com um supervisor do Serviço Federal de Proteção e que causou algum tipo de perturbação aqui".

"Sim, preciso falar com alguém encarregado. Mas não fiz nenhuma perturbação, senhor. Não sou uma ameaça."

O homem olhou para Chad e apontou para o scanner.

"Tudo certo", disse Chad.

"O supervisor do Serviço Federal de Proteção não está disponível no momento. Estou com o Serviço Secreto. Você precisa sair imediatamente."

Devin se adiantou e estendeu a mão. "Meu nome é Devin e precisamos conversar. Há um problema que preciso discutir com a Presidente. Ficarei feliz em começar com o chefe de gabinete dela ou com quem estiver encarregado de seus detalhes de proteção".

O agente ignorou a mão oferecida, fechou os olhos por um segundo e suspirou em frustração. Outro maluco que pensava que poderia ter acesso a presidente. É exatamente por isso que o Serviço Federal de Proteção estava trabalhando aqui – para impedir o Serviço Secreto de ter que lidar com essa bobagem. Hoje, de todos os dias, a supervisora do FPS ligou dizendo estar doente e sua substituição ainda estava a trinta minutos.

"As pessoas não se aproximam e encontram a Presidente. Agora, esses dois oficiais vão escoltar você para fora daqui. Se você causar algum problema ou retornar, será preso".

Os dois policiais que chegaram com o agente deram um passo à frente e cada um pegou um dos braços de Devin. Enquanto tentavam escoltá-lo, caíram de joelhos e começaram a gritar. A carne em seus antebraços se abriu quase assim que o tocaram. Eles imediatamente o libertaram. Devin manteve as mãos abertas, os dedos abertos ao nível do peito. Ele olhou para Chad e o agente do Serviço Secreto, ambos agora com armas de aparência estranha nas mãos.

"Não quero fazer mal. Eu posso ajudá-los." Devin virou-se para a mulher no chão, segurando o braço mutilado.

Quando ele se abaixou, uma sensação que parecia queimar e eletrocutar ao mesmo tempo bateu nele e o derrubou de joelhos. A dor desapareceu rapidamente.

"Pare com essa tolice", disse Devin, forçando um tom calmo, e deu ao agente o olhar que alguém usaria ao corrigir uma criança pequena.

Devin agarrou a mão da mulher no chão e restaurou o braço ao normal. Ele então se levantou e a ajudou a se levantar. Ele estendeu a mão para o segundo guarda. Quando Devin o ajudou a se levantar, suas feridas haviam desaparecido.

Ele se aproximou do agente. "Coloque a arma de lado."

"Como você fez isso? Essa coisa pode derrubar um rinoceronte e mantê-lo desacordado por dez minutos."

O agente indicou a arma enquanto a colocava no coldre.

"Eu pareço um rinoceronte?" Devin forçou um sorriso. "Vamos lá. Chefe do Serviço Secreto ou Chefe de Gabinete. Sua escolha." Ele começou a passar pelo portão da guarda e seguiu o caminho que o agente e os guardas haviam tomado a caminho da guarita. "Vamos lá, pessoal. Não quero fazer nenhum mal. Se eu quisesse causar problemas, já estaria lá dentro".

QUARENTA E QUATRO

O AGENTE DO SERVIÇO SECRETO FICOU A UMA curta distância atrás de Devin e falou com alguém lá dentro, através de um rádio oculto. Devin não conseguiu ouvir o que eles disseram, mas percebeu que estava informando os outros da equipe sobre a situação. Quando se aproximaram da Casa Branca, o agente alcançou Devin.

"Então, eu te disse meu nome", disse Devin. "Você nunca me contou o seu."

"Travis. Travis Marks."

"Prazer em conhecê-lo, Travis. Por favor, não atire em mim com sua pistola de raios novamente. Foi meio doloroso."

"Eu percebi por que seu nome é familiar", disse o Agente Marks, ignorando o outro comentário de Devin, "você é quem eles estão procurando em conexão com a morte do General Quimby. Correto?"

"Eles querem me fazer algumas perguntas. Eu não tive nada diretamente a ver com a morte do General. Parti antes que isso acontecesse. Sua morte é o motivo pelo qual eu tive que vir aqui. De certa forma, ele era um amigo, e sua morte é bastante preocupante para mim. No entanto, isso é insignificante em comparação com o que preciso discutir com a Presidente".

"Você sabe que não vou levá-lo para ver a Presidente? Eu não poderia, mesmo que quisesse."

"É claro. Eu também não preciso de você. Você está me colocando no prédio e em contato com os que estão acima de você. Esse é o seu papel nisso. Eles me levarão a Presidente quando eu mostrar e explicar a eles o que eu preciso. Garanto, não quero causar absolutamente nenhum mal."

O Agente Marks pensou sobre isso. Ele percebeu que Devin estava manipulando toda a situação e começou a duvidar da decisão de levá-lo para dentro. Estava começando a parecer que isso fazia parte de um plano maior.

"Por aqui, Devin." O Agente Marks direcionou Devin para longe do caminho principal e em direção a uma porta menor.

Devin o seguiu.

O Agente Marks se aproximou da porta e ela se abriu ao detectar seu BioChip. Eles entraram no prédio e havia dois agentes adicionais esperando por eles. Entraram em fila atrás de Devin enquanto caminhavam por um corredor. Eles passaram por mais duas portas e encontraram um grande scanner retangular embutido nas paredes e no teto do corredor.

"Devin, precisaremos que você passe pelo scanner em apenas um minuto." O Agente Marks passou e foi até um console e ativou o poderoso scanner. "OK, passe por isso."

Devin congelou, um pouco preocupado. "Esse scanner prejudicará os eletrônicos ou os dados armazenados neles?"

"Não, é perfeitamente seguro."

Devin assentiu, caminhou e continuou até o console, onde olhou para a tela holográfica. Ele podia ver todo o conteúdo da mochila e outra imagem do seu corpo.

"Se você ficar mais confortável, deixarei a mochila aqui. Só preciso dos computadores de bolso".

"Não, você pode ficar com ela. Vimos tudo que há. Não há preocupações."

O Agente Marks desligou o scanner e eles continuaram pelo corredor até uma área marcada como *Segurança*. O primeiro cômodo por onde passaram tinha móveis escassos, com apenas uma mesa e três cadeiras. Eles entraram no segundo cômodo. Tinha algumas decorações, um sofá e algumas cadeiras de aparência confortável. Devin sentou-se em uma cadeira azul acolchoada e os três agentes entraram na sala, deixando a porta aberta.

"Alguém estará aqui em alguns minutos", disse o agente Marks.

"Sem problemas." Devin abriu o pacote e removeu uma garrafa de água e um pacote de comida que ele trouxe do futuro.

Um dos outros agentes disse: "O que você está comendo?"

"Não tenho muita certeza. É muito seco e não tem sabor".

"Então por que você está comendo?"

"Não pude trazer nada que contivesse material vegetal ou animal. Foi isso que eles me deram."

Os três agentes se entreolharam, confusos.

"Devin, posso pedir um sanduíche para você, se quiser", disse o agente Marks.

"Obrigado. Não comi nada além dessas bolachas nas últimas catorze horas e estou com fome."

O Agente que perguntou sobre a comida de Devin saiu da sala para fazer o pedido.

Enquanto esperavam, outro homem de terno entrou na sala. Ele parecia mais velho, com cabelos grisalhos.

"Devin, sou Douglas Miller, o agente de supervisão de plantão. Entendo que você tem algo a me dizer e que houve algumas coisas incomuns acontecendo aqui desde que você chegou".

"Sim, senhor. Peço desculpas pela interrupção que causei, mas preciso falar com a Presidente e não tenho muito tempo. Por isso, usei um pouco de drama para chamar a atenção do seu pessoal".

"Entendo. Você certamente tem nossa atenção. Quais são as informações críticas?"

"Primeiro, senhor, por favor, vá on-line e procure Devin Baker no início dos anos 2020".

"Isso teria sido há oitenta e cinco anos atrás?"

"Correto." O Agente Miller inseriu as informações no console. "Não vejo o que isso poderia ter a ver com..." Ele olhou para Devin e depois voltou a imagem holográfica pairando no ar à sua frente. "Travis, olhe para isso."

Travis se moveu atrás de seu chefe e olhou para a imagem.

"Sem dúvida, você capturou dezenas de imagens minhas", disse Devin, "começando antes mesmo de eu chegar à guarita. Mesmo no meu tempo, há capacidade de reconhecimento facial. O que o seu sistema diz?"

Os homens não responderam. Eles falaram em sussurros e continuaram a trabalhar no console. De vez em quando, olhavam para Devin com expressões confusas.

Devin sentou-se em silêncio, exceto quando alguém trouxe sua comida. Deram-lhe um sanduíche de peru com pão de trigo, alface e tomate. Havia algumas batatas fritas e um copo de limonada também. Devin devorou a comida e terminou antes que os dois agentes terminassem sua pesquisa. Devin ouviu apenas um pouco do que os agentes disseram, mas a certa altura, ele ouviu Travis dizer: "Isso não é possível".

Eventualmente, os dois se afastaram do console, olhando para Devin.

"Devin, a comparação facial diz que há uma combinação perfeita entre as imagens de oitenta e cinco anos atrás e as que capturamos hoje", disse o agente Miller.

"Eu sei." Devin assentiu.

"Além disso, o scanner pelo qual você passou era extremamente sofisticado e capturou sua sequência de DNA. Não apenas em seu corpo, mas também no sangue de suas calças. Sabemos que o sangue em suas calças é seu e apenas algumas horas velho, mas também não há ferimentos que possam ter provocado o sangue. Comparamos o DNA com uma amostra que foi tirada há cerca de setenta anos do Devin Baker, e você é uma combinação perfeita".

Devin assentiu. "Era o que eu esperava, embora não soubesse que seu scanner seria capaz de capturar meu DNA. Isso é impressionante".

"Encaminhei os dados para nossa equipe de tecnologia. Eles estão analisando um pouco mais profundamente. Lembro-me de ouvir sobre o Devin Baker, de sessenta a oitenta anos atrás, e as coisas que ele poderia fazer. Exatamente o tipo de coisas que nosso pessoal está relatando que eles viram em você. Você pode explicar isso, por favor?"

"Uma última coisa que preciso lhe mostrar primeiro. Estou certo de que um BioChip armazena um registro de sua atividade?"

"Está correto."

Devin puxou a faixa que bloqueava seu BioChip. "Não é meu. É clonado. Eu precisava operar aqui, mas não tinha um. Verifique a atividade e as datas em que foi consultado".

Ao retornar ao console para verificar o chip, disse Miller. "Você não tinha um BioChip próprio porque é do passado. É isso que você está dizendo. Correto?"

"Sim, é verdade. Eu sou o mesmo Devin de 85 anos atrás, mas isso é apenas uma parte."

Os dois agentes novamente olharam para os dados holográficos que rolavam na frente de seus rostos. E mais uma vez eles se entreolharam, ainda confusos.

"Devin, eu estava começando a acreditar no que estávamos vendo", disse o agente Miller. "Agora estou confuso novamente. Parece que você estava 85 anos no passado e está usando um BioChip recentemente implantado e testado daqui a três anos, no futuro."

"Se vocês acham isso confuso. Deveriam estar deste lado. Dois dias atrás, eu estava cuidando dos meus próprios negócios no ano de 2023 e não tinha ideia de que alguma viagem no tempo existisse".

Devin procurou na mochila, finalmente satisfeito que o levariam a sério. Ele removeu o computador de bolso, idêntico ao que havia dado ao General Quimby antes de sua morte.

"Este computador está bloqueado para o meu BioChip clonado e para o General Quimby. Eu desbloqueei três vídeos. Leve-os para a Presidente e se certifique que ela os veja imediatamente. Não há muito tempo. Fui enviado para cá, vindo de três anos no futuro, pelo General Quimby, para fornecer ao General Quimby de agora essas informações a fim de que possa ser evitada uma pandemia global. Depois que eu as dei a ele, algo aconteceu e ele foi morto, mas eu o conheci daqui a três anos. Minha interação com ele deve ter desencadeado o acidente que o matou. Depois disso, tive que pensar em um novo plano. É por isso que estou aqui."

QUARENTA E CINCO

Os QUATRO HELICÓPTEROS ATRAVESSARAM o deserto do Arizona. O General Dwain Peck, Diretor do Instituto de Pesquisa Médica do Exército dos EUA para Doenças Infecciosas (USAMRID), estava a bordo do primeiro. Ele olhou para cima e notou que as dezenas de soldados de operações especiais, fortemente armados, estavam sentados em silêncio, preparando-se mentalmente para o que quer que pudessem experimentar no terreno. O Dr. Jake Dexter, da Argon Technologies, os acompanhava.

O Dr. Dexter havia sido convocado para o Pentágono há dois dias, supostamente para informar sobre o progresso do trabalho que a Argon Technologies estava realizando. Após seu relatório, ele foi imediatamente preso e interrogado longamente sobre a pesquisa que sua empresa estava fazendo. Outras prisões dentro do Pentágono foram realizadas. A polícia militar prendeu todos os envolvidos na ordenação e financiamento dos projetos ilegais.

Durante o interrogatório, o Dr. Dexter confirmou que haveria um desligamento de energia de sistemas não-essenciais agendado para daí a duas semanas.

O General Peck lembrou-se de quando recebeu o briefing sobre essa situação. A maior parte foi apresentada por um jovem que estava obviamente um pouco fora do lugar na Casa Branca. Ninguém forneceu o sobrenome, o título ou a posição do homem. Eles o chamaram de Devin. A Presidente até diferiu para ele algumas vezes, quando perguntas foram levantadas. Aparentemente, ele era a fonte de informações sobre o perigo extremo no laboratório Argon.

O General recebeu muitos dados para ler, mas não lhe disseram nada sobre quem era o jovem ou onde a informação havia se originado. Os documentos estavam visivelmente incompletos, com informações específicas sendo editadas. Mas enquanto suas informações estavam incompletas, a missão de Peck era clara. Ele precisava, a todo custo, proteger todas as amostras de uma arma biológica de desenvolvimento conhecida como X-5207 e todos os dados pertinentes a ela. Também precisava confiscar as mil doses de uma vacina contra essa arma biológica.

Enquanto estava no ar, o Dr. Dexter entrou em contato com o chefe de segurança da Argon Technologies. Ele informou ao General Peck que vários helicópteros militares dos EUA estavam a caminho e que a equipe de segurança não deveria atrapalhar. A segurança do Argon continuaria a lidar com os postos de segurança externos, e o pessoal do Exército assumiria o comando dentro.

Os dois primeiros helicópteros pousaram juntos e suas equipes desembarcaram rapidamente. Os helicópteros precisavam voltar do chão e abrir espaço para os outros dois, que pairavam nas proximidades. No segundo avião, havia doze homens e mulheres em macacões justos e dois homens em trajes de negócios. O grupo de macacões esperava o equipamento que chegaria nas duas últimas aeronaves. Os homens de terno eram agentes do FBI. Enquanto o restante da equipe descarregava seu equipamento, o restante dos recém-chegados descia ao complexo do laboratório.

O Dr. Dexter conhecia suas ordens. Ele deveria garantir que ninguém soasse um alarme ou destruísse qualquer evidência. Se ele cooperasse, quando as acusações fossem apresentadas, ele receberia uma consideração especial.

"Preciso que todos se encontrem na sala de conferências um", anunciou Jake Dexter a todos na área do escritório, depois ativou o sistema de comunicação interna que transmitia sua voz por toda a instalação. "Todos que não estão na área de contenção precisam se reunir imediatamente na Conferência Um."

Quando os primeiros funcionários da Argon se aproximaram da sala de conferências, eles encararam, com olhos arregalados, os soldados de operações especiais fortemente armados que estavam nos corredores e em cada porta. Quando todos se mudaram para a sala de conferências, o último dos recém-chegados entrou na instalação. Havia seis deles vestindo trajes de contenção de última geração. Eles estavam totalmente encapsulados e tinham seu próprio suprimento de ar. Três deles estavam carregando armas de energia que foram especialmente modificadas para serem usadas com os trajes de contenção. Essas equipes foram direto para a primeira escotilha que levava ao laboratório.

A Dra. Elizabeth Cox não sabia o que estava acontecendo. Ela ouviu o anúncio para que todos se reunissem. No entanto, ela estava na zona quente e não conseguia sair facilmente para ver o que estava acontecendo. Sabia que o trabalho que eles estavam fazendo não era exatamente legal, mas ela dedicou quatro anos de sua vida a esse projeto e ficou animada com o quão longe eles chegaram. Ela não conseguia imaginar alguém interrompendo esse trabalho depois de tanto progresso.

Quando a câmara de ar se abriu e as quatro pessoas entraram, a Dra. Cox apalpou o pequeno frasco de vidro na mão enluvada.

Uma das pessoas armadas disse: "Sou o Major Anderson da USAMRID. Preciso que todos coloquem em segurança todas as amostras com as quais estação trabalhando e procedam à descontaminação. Explicaremos tudo quando todos estiverem totalmente descontaminados e na sala de conferências". Sua voz soou surpreendentemente clara através da máscara.

A Dra. Cox saiu obedientemente da zona quente e prosseguiu pelos três estágios da descontaminação. Enquanto se movia, ela manteve o frasco preso entre o polegar e a palma da mão. Depois do banho, ela se vestiu e enfiou o frasco no bolso. Ela, então, congelou e olhou em volta. Estava preocupada com o fato de alguém ter percebido a mudança, mas ninguém reagiu, então ela foi até a câmara final e, quando saiu, viu a cena mais estranha. Lá estava Peggy Wilson, uma técnica de laboratório. Ela estava chorando e tinha as mãos presas atrás das costas. Dois homens com credenciais visíveis do FBI a estavam escoltando para fora da sala de conferências.

A Dra. Cox ouviu a agente dizer: "Precisamos saber todos os detalhes sobre o que você está fazendo".

Elizabeth ouviu apenas um fragmento da conversa, mas foi o suficiente para dar esperança de que talvez ela estivesse errada, e isso não tinha nada a ver com o trabalho no X-5207.

A mão dela roçou a perna e ela sentiu o frasco no bolso. Esta noite, estaria em sua geladeira em casa. Ela não iria arriscar que alguém tentasse interromper sua pesquisa.

EPÍLOGO

ANO 2024

Devin atravessou uma rua na cidade de Dhamar, no Iêmen. Ele precisava esticar as pernas, depois de ter ficado preso no hospital pelas últimas seis horas. Foi orientado para não passear pois a área era conhecida pela violência. Durante toda a manhã, ele ouviu tiros no hospital. Ele já havia ajudado mais três pessoas trazidas com ferimentos de bala.

Enquanto andava, passou por vários prédios que eram apenas restos bombardeados. Em um deles, não tinha certeza do que estava impedindo a queda dos restos de um prédio do governo. Havia carros ocasionais dirigindo pela rua e veículos abandonados queimados ao lado. Limpar os detritos, aparentemente, não era uma alta prioridade.

A mente de Devin vagou para o homem que ele considerava a melhor pessoa que já conhecera – o General Marcus Quimby. Ele unificou e salvou a nação da destruição. Infelizmente, ninguém mais pensaria nele dessa maneira, porque na versão da história que permaneceu, isso nunca aconteceu. As pessoas se lembrariam dele como um General do Exército dos EUA e o Presidente do Estado-Maior Conjunto que havia escorregado e morrido em um degrau ensopado de chuva, em seus chinelos.

Fazia pouco mais de seis meses que Devin havia retornado ao seu tempo. Matthew Becker havia avançado bastante o processo de viagem no tempo e libertou Devin do futuro que o prendera. As coisas não estavam indo bem para Devin desde o retorno. Ele considerou voltar a realizar os grandes eventos, mas não parecia certo. Sempre conduziu aqueles com a crença de que estava usando um dom divino. Agora que sabia a verdade, sentia-se uma fraude. Ele estava ajudando as pessoas, então ainda estava fazendo um bom trabalho. Mas não conseguia mais ficar em um grande palco com seu nome em letras douradas gigantes.

Seus pensamentos voltaram ao que o General Quimby havia lhe dito. Ele ainda tinha um propósito – um propósito alternativo. Mas o que faria agora que o propósito para o qual foi criado estava completo?

Em momentos como esse, quando estava pensando profundamente, ele se via pressionando um dedo na carne do antebraço direito, sentindo a fraca forma do BioChip, ainda com ele. Ele considerou pedir para Brian removê-lo antes que eles o mandassem de volta. Mas no final, ele decidiu manter a tecnologia futurista. Isso, e o último computador de bolso. Ele sabia que deveria ter deixado no futuro, mas decidiu levar para casa com ele. A bateria havia morrido há uma semana e não tinha como carregá-la. No entanto, servia como um lembrete do que teria acontecido, se ele não tivesse evitado o desastre.

Depois de uma semana contemplando o propósito de sua vida, o diretor da Agência Federal de Gerenciamento de Emergências (FEMA), entrou em contato com ele. Como quase todo mundo, a liderança da FEMA sabia das coisas que ele podia fazer. Eles queriam oferecer-lhe um emprego. Ele faria um contrato de trabalho para eles. No caso de um desastre em qualquer lugar dos EUA, ele viajaria no local para ajudar aqueles que estavam gravemente feridos. O pagamento não era impressionante, e ele só receberia pagamento quando estivesse em um local de desastre, mas a ideia o intrigou. Disse a eles que pensaria sobre isso.

Depois de três dias, ele voltou para eles com uma contraoferta. Ele concordou com um contrato de um ano. Seu salário agora seria muito melhor e ele dividiria seu tempo entre a FEMA, os militares dos EUA e a ONU. Cabia a essas três agências descobrir como fazer os números funcionarem.

Ele estaria disponível para a FEMA, como sugeriram, mas também viajaria para áreas onde as forças armadas dos EUA estivessem destacadas. Ele ajudaria as Forças dos EUA curando qualquer pessoal de serviço que estivesse ferido. Se nenhuma dessas agências tivesse uma necessidade imediata, a ONU poderia enviá-lo para qualquer lugar do planeta, para usar suas habilidades em tempos de crise.

Ele tinha uma aeronave de alta velocidade à sua disposição e poderia estar no local de um evento, em qualquer lugar do planeta, em menos de um dia. Por causa disso, ele estava aqui no Iêmen, por causa de um bombardeio em uma praça do mercado, no dia anterior. Muitos dos feridos no atentado eram crianças, e Devin passou a manhã toda curando os sobreviventes.

Ele andou um pouco mais e então decidiu voltar. Havia alguns pacientes menos críticos no hospital, que ele ainda não havia visitado. Ele queria ver o maior número possível deles antes de partir em três horas. Ao contrário dos EUA, esses hospitais subfinanciados, que sobreviviam com doações, ficaram contentes por ele entrar e reduzir sua ocupação.

Quando ele se virou para voltar ao hospital, algo o derrubou no chão, e uma forte dor subiu em seu braço. Não parecia haver ninguém por perto, e ele assumiu que havia sido uma bala destinada a outro alvo.

Ele ficou de pé e casualmente voltou para o hospital enquanto examinava o buraco sangrento no ombro da camisa, a dor agora desaparecida. Ele moveu o braço em todas as direções. Sem problemas.

Quando Devin entrou no prédio, passou pelos guardas armados, que olhavam de olhos arregalados para o buraco de bala em sua camisa com o sangue fresco ao redor. Ele foi para a escada e subiu para o segundo andar. Havia uma ala que ele não tinha visitado.

Entrou no primeiro quarto e viu um quarto padrão para seis pessoas. Duas das camas estavam vazias. Desde a chegada de Devin, a ocupação no hospital havia caído significativamente e os pacientes estavam sendo deslocados para tornar as coisas menos lotadas. O homem na terceira cama estava dormindo, mas o quarto estava bem acordado e olhando para ele. Devin ficou surpreso ao ver que o homem não era árabe.

"Você é Devin Baker?" o homem disse, com sotaque australiano.

"Sim, eu sou." Devin respondeu enquanto pegava uma cadeira de encosto reto e a puxava para perto da cama, observando que a perna do homem estava enfaixada e imobilizada.

"Eu esperava que você aparecesse. Sou Danny Cooper. Estou com os Médicos Sem Fronteiras".

"Então, por que você está brincando de paciente?" Devin perguntou com um sorriso.

Danny sorriu de volta. "Este lugar triste não pode manter sua própria equipe, então fui enviado para ajudá-los. No meu terceiro dia aqui, eu estava comprando no mercado, ao longo da estrada, e algum maluco me atingiu com seu carro. A garota que estava comigo disse que parecia que ele fez isso de propósito. Não tenho certeza. De qualquer maneira, ele não parou e meu fêmur está quebrado. Uma fratura aberta. O osso para fora. Eu já vi isso dezenas de vezes, mas quando acontece com você é outra coisa. Após a cirurgia, acabei com uma infecção e agora está começando a melhorar."

"Sinto muito. Eu não tinha ouvido falar de você ou teria vindo antes."

"As coisas ficaram bastante agitadas com o atentado. Estou aqui ouvindo tudo o que está acontecendo. É difícil ser a causa de mais trabalho para os outros, em vez de fazer o trabalho", disse Danny.

"Bem, Danny, você está pronto para sair da cama?" Devin perguntou enquanto estendeu a mão.

Danny pegou a mão estendida e Devin sentiu a sensação de algo deixando-o e sendo substituído imediatamente. Ele sorriu quando viu os olhos de Danny se arregalaram. Alguns segundos depois, Devin, guiado por Danny, removeu o imobilizador da perna e os curativos.

"Isso é realmente incrível! Obrigado." Danny levantou-se e caminhou pelo quarto, depois de um minuto, voltou e sentou-se ao lado da cama. "Você se importa que eu faça uma pergunta, Devin?"

"De modo nenhum." Devin voltou a sentar-se.

"Por que a grande mudança? Eu ouvi sobre seus grandes shows. Centenas de pessoas se curavam a cada noite. Você estava ganhando muito dinheiro."

"Acho que tive uma mudança de consciência. Algo aconteceu que me abalou um pouco. Isso me fez questionar minhas motivações. Você pode dizer que estou reavaliando minhas decisões. Os shows foram benéficos, mas as grandes produções e o glamour agora parecem meio exagerados. O novo eu quer ser mais pessoal. Minhas prioridades são diferentes."

Danny assentiu, pensando que ele entendia. "Parece que você quer passar do palco para as trincheiras."

Devin assentiu. "Eu assinei um contrato de um ano. Vamos ver como vai ser. Não tenho certeza de onde finalmente vou terminar. Não estou dizendo que nunca mais haverá grandes eventos. Só que, provavelmente, serão em um parque da cidade, não em uma sala de conferências".

"Parece que a única coisa que você sabe é que deseja continuar usando este dom para ajudar os outros."

Devin assentiu. "Eu costumava me concentrar na ideia de que Deus me deu esse presente. Agora que revi as coisas, percebo que todos temos dons, e não importa se nascemos com eles, ou se temos aperfeiçoando-os ao longo do tempo, Deus nos chama para usar esses dons para sua glória. Agora que eu entendo isso, tenho que descobrir como vou fazê-lo. A única coisa que sei é que não haverá palco com meu nome em letras douradas gigantes."

Enquanto se sentavam juntos, pensando em silêncio, podiam ouvir as sirenes se aproximando.

"Bem, Doutor Danny Cooper, você está pronto para voltar ao trabalho?" Devin se levantou.

Danny também se levantou e olhou para a camisola do hospital. "Eu acho que deveria encontrar algumas calças primeiro."

Ele colocou o braço sobre o ombro de Devin e os dois saíram para o corredor.

Caro leitor,

Esperamos que você tenha gostado de ler *Propósito Alternativo*. Reserve um momento para deixar uma crítica, mesmo que curta. A sua opinião é importante para nós.

Atenciosamente,

Christopher Coates e Next Chapter Team

Propósito Alternativo
ISBN: 978-4-86752-000-0
Livro de Bolso

Publicado por
Next Chapter
1-60-20 Minami-Otsuka
170-0005 Toshima-Ku, Tokyo
+818035793528

20 Julho 2021

www.ingramcontent.com/pod-product-compliance
Lightning Source LLC
LaVergne TN
LVHW030217230826
846093LV00011B/493

9784867520000